虹のかけ橋

ゆめ姫事件帖

和田はつ子

時代小説文庫

角川春樹事務所

目次

第一話　ゆめ姫と開かずの御膳所

一

昼下がり、姫付き中臈《ちゅうろう》の藤尾《ふじお》が団扇《うちわ》で風を送ってくれている。今年の江戸の夏はことさら暑さが厳しい。

藤尾が手にしている団扇がぼーっと霞《かす》んで見えたとたん、すでにゆめ姫《ひめ》は夢の中にいた。

徳川《とくがわ》将軍の末の娘であるゆめ姫は一見、ただの年頃《としごろ》の可憐《かれん》なお姫様のようだが、実は不思議な力の持ち主であった。

夢の中で死霊《しりょう》や生き霊《いりょう》と話ができるのである。それゆえ無念の想《おも》いや伝えられなかった恋心、親子の深い情愛等に触れて、苦しみと絶望の淵《ふち》から霊たちを救い出してきた。

時には恨みや権勢欲にのみ走る邪悪な霊にも出遭《であ》ったが、姫の成仏《じょうぶつ》を願う真《まこと》の優しさと人となりの気高さ、正義の心が悪を正し打ち勝ってきたのである。

そして、今もゆめ姫は新たな死霊、もしくは生き霊を目にしているはずなのだが――、何と姫が立っているのは真夜中の御膳所《ごぜんしょ》で人気《ひとけ》は全く無かった。

ちなみに御膳所とは将軍家や大名家、大身《たいしん》の旗本家等、身分が際立って高い家の厨《くりや》のことである。

――これから出てくるのね――

ゆめ姫は御膳所の暗がりにじっと目を凝らして身構えた。

すると何やら薄い黄色のものがすっと目の前に現れた。

その丸長のものには手も足も無い。ただし、両目と鼻、口はあり、顔のように見える。黄緑がかった両目は細長いのに大きく、見開かれてぎらぎらと硬玉《こうぎょく》（翡翠《ひすい》）のように輝いている。悪意は感じられないが不気味ではあった。

――西瓜《すいか》にしては形が丸くない、これって、出来損ないの西瓜のお化け？――

ゆめ姫は少しばかり背筋が冷たくなった。

――暑さしのぎにはいいけれど――

姫が今まで出遭ったり、対峙《たいじ》してきたのは人の霊ばかりだったが、生《せい》あるものはたとえ青物の西瓜であっても、霊を宿していないとは限らない。

〝出来損ないゆえに農家さんに捨てられでもしたのかしら？　それを恨んでなの？〟

そう話しかけたとたん、真っ黒な丸い穴のように見えていた口が左右にぎゅっとつり上がって、ぎらぎらした両目が垂れ目になった。思わず笑ってしまいそうなおかしな表情であった。

笑いとともに目と口が消えた。

薄い黄色の丸長型が迫って、独特の甘い香りがした。

――これは金真桑《きんまくわ》だわ――

金真桑は瓜《うり》の一種で、甘さと風味の良さで人気の夏の水菓子であった。

〝でも、どうして金真桑が出てくるの？〟

さらに姫は話しかけたが、金真桑に目と口が再び現れる兆《きざ》しはなかった。

〝どうして？〟

少々苛立《いらだ》った姫の前に、次に現れたのは豆寒天が盛られた小鉢であった。

茹《ゆ》でた赤えんどう豆と、溶かし固めて賽子《さいころ》型に切りそろえた寒天を合わせた豆寒天は父将軍の夏の大好物である。

――でも、今の父上様はこの大好物さえ、召し上がれなくなってしまっている――

このところ市井《しせい》で暮らしているゆめ姫が大奥に戻ってきている理由《わけ》は、父将軍の体調が思わしくないからであった。

「奥医師たちは暑気患いだと見なしていて、とにかく、お体を休めつつ、滋養のあるものを摂《と》られるようにと申しております」

大奥総取締役の浦路《うらじ》が告げた。

「御台所様《みだいどころ》もそれはそれはご心配になられて、お好きなはずの鰻《うなぎ》を城の外堀で捕まえさせた上、あの八百良《やおりよう》から料理人を呼んで蒲焼《かばや》きに調理させたのですが、上様は一口もお召し上がりになりませんでした」

鰻は市井の生活用水が流れ込む江戸城の外堀に棲《す》む肥えたものが一番上質とされ、料理屋番付の横綱である八百良は、客に茶漬けを所望されると、玉川の清水を汲《く》みに行って湯を沸かしたと評判であった。

ゆめ姫も御台所である三津姫《みとひめ》に倣《なら》って豆寒天を拵《こしら》えてみたのだったが、とっておきの鰻料理同様、父将軍は首を振るばかりで舌にはのせてくれていない。

「この先、水ばかりではいずれはお命に関《かか》わります」

奥医師たちの心配は尽きず、

「関《せき》ヶ原《はら》や大坂の陣で打ち負かした豊臣《とよとみ》方など、徳川の世を恨む霊は少なくありません。これはきっと悪霊の祟《たた》りです」

浦路は側用人《そばようにん》の池本方忠《いけもとまさただ》に相談して、菩提寺《ぼだいじ》に加持祈禱《かじきとう》を頼むべきだと言い始めた。

「どういたしましょう？」

ゆめ姫は方忠から相談された。

身分を隠して市井で暮らしている姫は、当初、じいと慕う側用人の屋敷に起居していた。方忠は姫の不思議な力を熟知していた。理由《わけ》あって、幼い頃神隠しに遭い、離れ離れになっていた次男信二郎《しんじろう》に、歳月を経て巡り会えたのも姫の力ゆえであったからである。

「姫様なら上様のお身に降りかかる禍《わざわい》を見極めておいでのはずです」

絶大な信頼が込められている方忠の言葉に、

「今のところ、禍をもたらす者の夢は見ていません。この暑さの中、護摩《ごま》を焚《た》く加持祈禱は皆が大変すぎます。もうしばらく、時をください」

　昨日、ゆめ姫は加持祈禱の延期を決めた。

　束《つか》の間《ま》の夢から覚めてみると、

「姫様」

　そばに控えていた浦路の緊張した顔が迫った。

「ごらんになった夢は？　徳川に仇《あだ》するものでは？」

「いいえ」

　姫はややうんざりした表情を相手に向けた。浦路も姫の夢力には一目置いている。それはいいのだが、このところ、朝はもちろん、うたた寝をしていても、駆けつけてきて、夢の内容を聞こうとするのであった。浦路の忠義心の顕《あらわ》れではあったが、暑さも手伝い、何やら鬱陶《うっとう》しさは募るばかりだった。

「夢は見ませんでした」

　――金真桑の夢など浦路は興味がないはずでしょうし――

「もしや、三人の殿方の夢を見られたのではないかと――」

　浦路がふと呟《つぶや》き、姫は黙って首を横に振った。

「そうですか――」

　がっかりした様子で浦路が下がると、

「今まで浦路様にきつく口止めされていたので申し上げませんでしたけど、先ほど御自分でおっしゃったので、もうお話ししてもよいかと思うのですが、どうやら、本丸の開かずの御膳所で殿方三人の幽霊が出るらしいのですよ」

自身も興味津々《きょうみしんしん》といった様子で藤尾が告げてきた。

「開かずの御膳所？　どんな幽霊なのです？」

姫も思わず引きこまれた。

「北の端にあるのです。誰も滅多に近づきませんが、あるそうです。わたくしも行ったことはありません。姫様もいらっしゃったことがないのですね。幽霊を見たという者たちはいずれも後ろ姿しか見ていません。三人ともたいそう立派な形《なり》の幽霊だそうですよ」

「年齢《とし》の見当は？　髷《まげ》に白髪が混じっていれば年配のはずです」

「それなら二人は白髪混じりで一人は白髪などなかったと――」

「皆は幽霊についてどんな噂《うわさ》をしているのですか？」

「それが――。申し上げていいかどうか――、浦路様がきつく口止めなさるのにも、それなりの理由がおありなのです」

「是非とも教えて」

「姫様は昔々、道ならぬ恋に落ち、破滅していった江島生島《えじまいくしま》の話を御存じでしょうか？」

「いいえ」

「そうでしょうね、ここ大奥では口にするのも御法度《ごはっと》ですから。浦路様など、大奥始まって以来、これ以上の恥はないとおっしゃっておいでです」

「話して」

江島生島の話とは、大奥総取締役の江島が日々の重責に堪《た》えかねたのか、寺参りの帰りに必ず芝居見物に行くようになり、立場を顧みず、歌舞伎《かぶき》役者の生島新五郎《しんごろう》と情を交わしたと見なされ、二人とも流罪《るざい》となった事件であった。この一件の罪過は江島の親族、芝居小屋の座元のみならず、二人が関わっていた者たちを巻き込み、僧侶《そうりょ》、医者等までもの多くの処罰者を出した。

「生島新五郎は想う江島様に会いたい一心で、大奥へ出入りする商人の長持《ながもち》に潜《ひそ》み続けたとされています。二人は乗物部屋で、え——あの——あの——」

「あの——、なんですか。もったいつけずに言いなさい」

「あの、その——。情を交わしていたそうにございます」

ゆめ姫は藤尾の言葉に一瞬どきりとしたが、努めて素知らぬ顔をした。

「本当ですか？」

「わかりません、聞いた話ではそのようですけれど——」

「その話と三人の男の幽霊とどのような関わりがあるのかしら？」

ゆめ姫はすぐに話を本題に戻した。

「伝えられている生島の大奥への忍び込みはやはり真実《まこと》だったのだと、皆が騒ぎ立てているのです。男子禁制の大奥ではあってはならぬことでございましょう？　それもあって浦路様はぴりぴりしておいでなのです」

「新五郎は役者ですから、一人を三人に演じ分けて見せているのだという説もあります」

「生島という男は流刑地《るけいち》の三宅島《みやけじま》で亡くなったのですね。島に馴染《なじ》めず若くして亡くなったのですか？」

「いいえ、七十三歳の天寿を全うしたようですよ。わたくしが思いますには、美形だった生島はさぞかし、島の娘たちに言い寄られたのではないでしょうか。流罪になった男たちが生き延びられるか否《いな》かは、食べ物を貢《みつ》いでくれる女たちからの人気で決まるという話を聞いたことがあります。ですので、屈強の大男がやせ細ってすぐ死んで、今にも倒れそうな華奢《きやしや》な男前が何人も子供を作るのだそうです。きっと新五郎はその口です」

「それでも、新五郎はこちらや父上様に恨みを持っているとでも？」

「豊臣方以外にも徳川に恨み骨髄《こつずい》の者もいる、江島生島の一件の時、巻き添えで処刑された者たちが、あの世に行った新五郎を操って、現世に恨みを晴らそうとしているのでなければいいが、とも浦路様は仰《おお》せです」

——それで浦路には霊が出てくるわらわの夢が気になって仕様がないのだわね——

姫はなるほどと合点した。

二

その夜、ゆめ姫は夢で三人の男たちに会った。

──やっと出てきてくれたのだわね──

開かずの御膳所の前に三棹《さお》の長持が並んでいる。

すーっと音も無く、各々の長持の蓋《ふた》が開いて、噂通りの立派な身形《みなり》の男たちが背中を見せた。

藤尾が聞いてきた通り、一人を除いては髷に白髪が交じっている。

特に二人より頭一つ背が高く、肩幅も広い一人はほとんど白髪であった。

──この方が一番の年長だわ。ああ、でも、恨みを持つ者に操られて生島新五郎が演じ分けているのかもしれないのだったわ。だとしたら、どうして、ここが乗物部屋の前ではなくて、御膳所なの？──

姫が夢の中で首をかしげると、目の前の錠前が開いて、白髪頭を先頭に次はごま塩頭が続き、最後は白髪のない男が入って行って、錠が内側から掛けられる音がした。

──何やら秘密めいてるわ、わらわも入ってみたい──

そう念じたとたん、姫はもう御膳所の中にいた。使われていない竈《かまど》こそ錆《さ》び付いてはいるが、鍋《なべ》や調理道具、皿小鉢には埃《ほこり》がかからないよう、白い布が掛けられている。

──大切に遺《のこ》されてきたのだわ、だけど──

姫は藤尾の話を思い出して、また、夢の中で首をかしげた。藤尾は開かずの御膳所の謂《い》われについてこう言ったのである。

「開かずの御膳所があるのは、たいそう腕がよかった料理番が突然乱心して包丁を振り回し、時の大奥総取締役様が、隙《すき》を見て相手から奪い取った包丁で成敗なさったゆえだと、浦路様はおっしゃっていました。ここまで滅私の度胸がなければ、大奥総取締役は務まらないのだと誇らしげでした。ただし、この話をなさった浦路様は、こうした血なまぐさい事実は、誰にも秘密にするようにとおっしゃりつつ、いろいろな方に話されているんですよ。おかしいとは思われませんか？」

料理番が乱心した話は姫も幼い頃《ころ》、庭を散策していた折に、大奥最下層の身分にいる御《お》末《すえ》たちが、興奮しながら話しているのを、小耳に挟んだことがあった。

――あの者たちまで知っていたということは、もうずっと前からこれは公然の秘密だった。浦路はもっと大事な事実を、料理番乱心成敗話にすり替えようとしていたのかもしれない。たとえば実はやはり、仄聞《そくぶん》通りに、生島新五郎は長持に潜んで大奥へ忍び入っていて、あろうことか、江島と逢瀬《おうせ》を重ねていたとか――

朝、目を覚ましたゆめ姫は意を決して、浦路に聞き質《ただ》すことにした。

「姫様、おはようございます」

姫の夢が気になってならない浦路が、藤尾の前に座って控えている。

「夢を見ました」

ゆめ姫は起き上がり、洗面や着替え等の支度を藤尾が手伝おうとした。

「幼い頃のように今日は浦路にお願いします」

姫の言葉に浦路は当惑気味ではあったが、

「なつかしゅうございますね」

すぐに満面の笑みを浮かべて、着替えの間へと導くべくゆめ姫の手を取った。

鏡台の前で姫の髪を直しはじめた浦路は、

「何って艶《つや》やかでたおやかな御髪《おぐし》なのでしょう。そして、起きられた時のそのお顔ときたら、しっとりと潤っていて、まるで、咲いたばかりの菊の花が、ほどよく朝露に濡《ぬ》れて、美しさが極まったようでございますね。惚《ほ》れ惚《ぼ》れいたします。このところ、ますます、亡き御生母上《おははうえ》様に似ておいでになりましたね」

何度も目を瞬《しばた》かせた。

早世したゆめ姫の生母お菊《きく》の方は、町娘だった頃の名は菊といい、父将軍の数多き側室の一人ではあったが、将軍とお菊の方が二人で絵柄を考えた菊の匹田《ひった》絞《しぼ》りの打ち掛けを贈られる等、深い寵愛《ちょうあい》を受けていた。そんなお菊の方の部屋子だった浦路は、亡き主《あるじ》の忘れ形見として、ゆめ姫の成長を感慨深く見守り続けてきたのであった。

浦路は姫の髪を丁寧に梳《す》いて結い上げたところで、

「さあ、できましてございます。それで、姫様の夢は、いったいどのようなものでございました？」

早く聞きたいという内心の焦りを抑えて、わざとゆったりとした物言いをした。

「三人の殿方とお会いしました」

「やはり――」

浦路の声が翳《かげ》った。

「とはいえ、噂通り、後ろ姿だけでしたし、わらわに話しかけようともしませんでした。なぜか、三人揃《そろ》って開かずの御膳所へ入って行きました。わらわも中へ入りました。中はきちんと片付けられているだけではなく、大事に遺されてきた様子でした。お三方以外には、包丁を手にして目を血走らせている料理人も、その者を成敗したという、今のそなたと同じ立場の者も見えませんでした。浦路、そなたが秘密だと前置きしつつ広めている、料理人乱心の話は真実ではありませんね」

ゆめ姫はじっと浦路を見据えた。

「申しわけございませんでした」

浦路の額から冷や汗が流れ落ちた。

「隠したかったのは江島生島の事件で囁《ささや》かれる、大奥での密通の事実ですね」

「噂ではずっと乗物部屋が密通の場所とされてきていますが、もし、あり得たとしたらあの御膳所ではないかとわたくしは思っておりました。それで開かずにされ続けてきたのだとばかり——。姫様、江島生島の一件は口にするのも穢《けが》れ多きことで、末代まで語ってはならない、この大奥の大恥でございます、どうか、もう、これ以上はお許しください」

顔全体から冷や汗を噴き出させた浦路は、懐紙で何度も拭《ふ》いたせいで、厚塗りの白粉《おしろい》が剝《は》げ掛かってきている。

「気持ちはわからないでもないですが、あの事件を語らずに、そなたの不安を消すことはできるのかしら？　そなたは三人の殿方の正体は、あの事件で処刑された者たちが悪霊となり、あの世に行った生島新五郎を動かしていると思っているのでしょう？」

姫に追及されて、

「生島新五郎が大奥に忍んできていたとしたら、乗物部屋へではなく、あの御膳所へではないかと思えたからです。御膳所へなら、米や砂糖、小麦粉、餅《もち》や醤油《しょうゆ》等、さまざまな料理の素材が長持で届けられてきますから」

浦路は渋々本音を洩《も》らしつつ、

「それでどうなのでございます？　三人の男たちはやはり、生島の霊を操って、同時に何人もに姿を変えさせている、悪霊のなせる忍法のようなものなのでしょうか？」

性急に訊《き》いてきた。

「悪霊だとは思えません」

ゆめ姫はきっぱりと言い切った。

「それではなぜ、上様はあのように弱られているのです？」

「わかりません。あの開かずの御膳所と関わりがあるのは事実でしょうけれど」

「でしたら、もうこれは加持祈禱しかございません」

浦路は姫を見据えたまま、一歩も退《ひ》かない面持《おもも》ちでいた。

「わかりました。明日になっても、わらわの夢に進展がなければ、日々、うだるような暑さの中を御祈禱へ皆で出向き、有り難く護摩を焚いていただきましょう」

今度は姫の方が渋々頷《うなず》いた。

この夜、ゆめ姫はまた、夢の中で例の御膳所の中にいた。相変わらず御膳所はがらんとしていて三人の男たちの姿は見えない。

〝ああ、もう、何で汚れが取れないの？――〟

暗がりの中で呟《つぶや》く声がした。嗄《しゃが》れているが高い声は女のものであった。

〝何をなさっているの？〟

姫は声を掛けた。

〝声がしたような気がしたけど〟

そう呟いた老婆の姿が姫に見えた。襷掛《たすきが》けをして雑巾《ぞうきん》を手にしている。

〝ここにいるわらわですよ、ゆめと申します〟

姫が名乗ると、

〝そういえば、ゆめって御名の姫様がお生まれになったって話は聞いたことがありましたねえ〟

〝それがわらわです〟

〝ずいぶん早く大きくなられましたね〟

老婆は言葉を改めて、

〝わたしはこの開かずの御膳所の清め頭《がしら》、吉《きち》でございます。竈をぴかぴかに磨き、皿小鉢に埃を積もらせないのがお役目でございます。なのにどういうわけか、近頃は手に力が入らず、磨いても磨いても竈の汚れが落ちません〟

——この方はもしかして、自分が死んだことに気づいていないのでは——

〝竈の汚れが取れなくなったのはいつからのことですか？〟

〝思えば、お生まれになったゆめ姫様が元気にお歩きになった日からです。どんなに懸命に拭いても、この雑巾に汚れがつきません〟

〝残念ながら、すでにあなたはこの世の者でなくなっているのです。お役目を続けようとする忠義の心には頭が下がります。長い間ご苦労様でした。とはいえ、いつまでもここに止《とど》まらずに成仏なさらなくては——〟

ゆめ姫は優しく諭《さと》すように告げた。

〝わたしが死んでいる？　ずうっとそうは思いたくありませんでしたけれど、こうして姫様にお声を掛けられるまで、いくら話しかけても誰も応《こた》えてくれませんでしたし、やはりそうかもしれません。お役目を果たすためとはいえ、錠が掛かっているここに自由に入れるのもおかしなことかも——。死んで霊になったら、どんなところでも通り抜けできるのでしょう？〟

その言葉に姫は深々と頷いて、

〝ところで、ここで三人の殿方を見たことはありませんか？〟

相手に訊かずにはいられなかった。

三

〝じっと見つめられているような気配はいつも感じていますが、殿方であるかどうかまではわかりません。気配しか感じさせない相手はわたしと同じ霊なのでしょう？〟

〝ええ、たぶん〟

正直ゆめ姫はがっかりした。

――せっかく、話に応えてくれる霊と出会えたというのに、これだけでは三人を識《し》る手掛かりにはならない――

〝ところであなたはそのお役目をいったい、どなたから命じられたのですか？〟

姫は尋ね方を捻《ひね》ってみた。

――それがわかればお吉が生きた昔がわかって、そのお吉を見張るかのように御膳所に出入りしている、殿方たちの霊の正体に見当がつくかもしれない――

〝わたしは少々年齢《とし》のいった御末でした。前にここの清め頭を務めていた方が病で亡くなったと聞き、すぐに御末頭に願い出ました。開かずの御膳所の清め頭は給金がよい上に死ぬまで勤められると聞いていたからです。身寄りのないわたしには願ってもないお役目でした〟

御《お》半《は》下《した》とも呼ばれている御末は、大奥での雑用をする身分の低い女であった。

〝だとしたら、時の大奥総取締役にも会ったのでは？〟

〃まさか――お目見え以下の我が身で、そのように身分の高い方にお目通りできるわけもありません。もちろん、さらにその上の方々にも――。霊になった身とはいえ、こうして権現様(徳川家康《いえやす》)のお血筋につながる尊い姫様とお話ができるなんて――ああ、何って、恐れ多いことなのか――〃

お吉は雑巾を手にしたまま、へたりこんでしまった。

〃それでは、あなたが知っていた大奥の方々の名を挙げてみてください。なるべく長くお勤めだった方に絞ってみて〃

――開かずの御膳所に引き寄せられるお吉と、三人の男たちとの関わりがわからなければ、加持祈禱など空《むな》しく、父上様を助けることなどできぬ――

確信したゆめ姫は必死であった。

〃大奥に来訪の女御たちに膳のもてなしをなさっていた御広座敷《おひろざしき》のかえで様、御三之間《おさんのま》以上の居間の掃除やお目見え以上の方々の雑用をこなされていたお藍《あい》様、御膳所にて煮炊《にた》きをしていた琴乃《ことの》様、御火之番《おひのばん》だった力自慢の里美《さとみ》様、御台所様の茶湯の御用意をされていた裕恵《ひろえ》様、御広座敷の御錠口《おじょうぐち》の開閉をなさっていたおとく様。今、申し上げた方々は、わたしがここの清め頭に任じられてからのおつきあいです。後は御末仲間ですけれど、行儀見習いぐらいに考えていますから、皆、そう長くは勤めていません〃

〃その中でも、御末頭はそれなりの年齢だったのでは?〃

〃お世話になった上、大変な御出世をされたというのに、うっかりお亜紀《あき》様を忘れていました〟

お吉はあわてて取り繕った物言いをした。

〝大変な御出世とは？〟

姫が聞き逃すはずもなかった。

〝駄目です、これは秘密を守り通さなければなりません。どうかお許しください〟

そこで、お吉の姿が消え気配も絶たれた。

目覚めるとやはりまた、浦路が控えていて、

「お話しください」

有無を言わせぬ口調で迫ってきた。

ゆめ姫は開かずの御膳所の清め頭だったというお吉の話をした。

「まあ――」

みるみる浦路の顔から血の気が引いて、

「お話しいただき、まことにありがとうございました」

多少よろめく足取りで下がった。

「常の浦路様らしからぬご様子でしたね」

案じる藤尾を、

「すぐに花島《はなじま》のところへ行って、御広座敷のかえで、御三之間のお藍、御膳所の琴乃、御火之番の里美、御台様の茶湯を御用意する裕恵、御広座敷の御錠口のおとく、そして一番

肝心な御末頭のお亜紀について調べてきて」

ゆめ姫は右筆《ゆうひつ》の花島の許《もと》へと走らせた。

右筆とは大奥で起きる日々の出来事の記録係である。将軍の婚儀や側室の懐妊、出産といった大事だけではなく、大奥内の御上臈《おじょうろう》から御末に到《いた》るまでの人事や献立、城の庭に見受けられる四季の移り変わり等、さまざまな事柄について、こと細かく記すのがお役目とされてきている。

一刻半《とき》（三時間）ほど経《た》って藤尾が戻ってきた。

「先客がおられましたので遅くなりました」

「先客というのは浦路でしょう？」

「はい、浦路様も姫様と同様のことを訊いておられました」

「ならば、浦路と一緒に花島の話を聞いたのね」

「いいえ、わたくしは浦路様にわからぬよう、隣の小部屋に隠れておりました。そして浦路様が何やら安堵《あんど》したお顔で去られてから、大奥の生き字引とも言われている花島様にお目にかかったのです。花島様は姫様の今までの活躍に心から感服なさっていて、大奥裏右筆記の一部を伺うことができました」

「大奥裏右筆記とは？」

「それは浦路様や御側用人様等、大奥や上様を通じて御政道に関わる方々の目に触れることは決してありません。御右筆様の魂と心血が注がれて綴《つづ》られ続けてきた、嘘偽《うそいつわ》りのないこの大奥の時の流れです」

「真実の伝承というわけね」

「左様でございます。浦路様がご覧になった表向きの右筆記には、御広座敷のかえで、御三之間のお藍、御膳所の琴乃、御火之番の里美、御台様の茶湯を御用意される裕恵、御広座敷の御錠口のおとく、御末頭のお亜紀の名があって、九代様の惇信院《じゅんしんいん》様（徳川家重《いえしげ》）から十代様の浚明院《しゅんめいいん》様（徳川家治《いえはる》）の治世に亘《わた》って大奥に仕え続け、終生をお役目に捧げたことになっております」

――よかった、これでやっとあのお吉が生きていた時の見当がついた。ゆうに五十年以上前なのね――

姫はほっと息をつき、藤尾は先を続けた。

「ところが裏右筆記では今挙げた全《すべ》ての者たちが代替わりの際にお役目を解かれ、別の者たちが名を受け継いで入れ替わったとされているのです」

「前の御先祖様が亡くなると、次の御先祖様に仕える人たちもがらりと変わるものでは？父上の時もそうだったと聞いています」

「今の上様や八代様の有徳院《ゆうとくいん》様（徳川吉宗《よしむね》）の時には、大奥での嫡子が絶えて、やや遠い御血筋から将軍になられたからです。けれども、九代様の惇信院様と十代様の浚明院様は、いずれも八代様有徳院様のお子様とお孫様で濃い御血縁です。九代様が亡くなってすぐ、お目見え以下の者たちまで密《ひそ》かに入れ替えたのだとしたら、しかも、その者たちが、姫様がお会いになった霊の知っている者たちばかりだとすると、やはり、これはとても不思議なことでは？」

「藤尾は大奥の来《こ》し方《かた》にくわしいのね」

「実はわたくし、花島様を御尊敬申し上げております。後継になっては？とおっしゃってくださるほど、親しくさせていただいていて、表の御右筆記の方は諳《そら》んじることができるほどなのです」

　藤尾は胸を張った。

「八代様が中興の祖と仰がれる立派なお方であられることは承知していますが、九代、十代様のことはあまり——。藤尾、この機会にわらわにも学ばせて」

「そんな、このわたくしが姫様に御進講申し上げるなんて——」

　顔を赤らめて照れつつも藤尾は話し始めた。

「九代様は生まれつきお身体《からだ》がお弱く、言葉が御不自由であられて、お言葉を理解できるのは御側用人様と大奥の女たちだけ、酒色に溺《おぼ》れてお命を縮められたと書かれていました」

「でも、名君であられた八代様の御血筋でしょう？」

「姫様、親に似ない子は多いものですし、全ての子が親のいいところを受け継ぐとは限らないものなのです。九代様は八代様のお悩みの種でした」

「十代様は？」

「父親の九代様に似ず、八代様譲りの聡明さを備えたお方だったと書かれておりました。一代置いていいところが伝わったのでございますね。隠居なさった八代様の老後の楽しみはこの十代様の御成長ぶりだったようです。ところが、十代様は将軍になられると、趣味の将棋《しょうぎ》に没頭して政務を疎《おろそ》かにした挙げ句、急死されています。御尊祖父に似ているという周囲の期待が重荷であられたのかもしれません」

「九代様は病いがち、十代様は繊細な御気性となると、大奥は束の間、心と身体を癒《いや》す花園のようなものでしょう？　馴染み深く、慣れた様子の方がいいはず。八代様から九代様、十代様は互いに濃い血でつながっていらっしゃるわけですし、あえて大奥のお目見え以下の者たちまで入れ替えるのは変ですね。しかも、特定の者たちだけ、名はそのままにして、あたかも入れ替わりなどなかったかのように装わせるのもおかしいわ。それについて、花島は何と申していました？」

「わたくしもお尋ねしてみましたが、花島様のお応えは、〝大奥裏右筆記は、ただ真実を伝えるもので、憶測とは無縁です〟とだけ――」

「手強《てごわ》いですね」

「ええ、でも、一つ大事なことを教えていただけました。十代様の治世の頃、桜の木の増し植えがあったそうで、植木職たちが池の近くを掘っていて女子《おなご》の骨を見つけたそうです。どうして女子だとすぐわかったかというと、着物がまだ朽《く》ちずに残っていた上に、お腹《なか》の中で死んでしまっていた赤子の骨と一緒だったからということでした。こうした事実は、浦路様のおっしゃる大奥の恥ですから、もとより、表の右筆記には一文字も書かれていません」

――もしや、それは――

「その着物からお役目がわかるのでは？」

思わず姫が息を止めると、

「何と御末のお仕着せだったそうです」

藤尾は声を震わせた。

――お吉が言葉にできなかったのは、それが御末頭のお亜紀だったからでは？――

ゆめ姫は直感した。

四

するとそこへ、

「御台様からの使いでまいりました」

父将軍の正室で義母でもある御台所の三津姫付きの女中が訪れた。

「御台様は上様のお加減をとても案じておられます。ついてはゆめ姫様においで願いたいと仰せでございます」

「わかりました」

ゆめ姫は素早く身仕舞いをすると、藤尾と共に三津姫の許へと急いだ。

「よくおいでになってくださいました」

常は端正で華やかな美津姫の顔が青く、その声は心労の余りか細かった。

「もしやお眠りになれないのでは？」

姫は案じた。

「暑さも手伝ってか、このところそうなのです。上様のお身が案じられて、案じられて
――」

三津姫はため息をついた。

「御義母上様《おははうえ》のお気遣いの鰻さえ召し上がれないのだと伺いました」

「あなたの心づくしの豆寒天のことも聞いていますよ」

微笑《ほほえ》んだ三津姫は首をかしげつつ、

「浦路は加持祈禱の手配をしたようです。明日は朝からわらわもそなたも寺で過ごさねばなりません。ただ――」

ゆめ姫をじっと見つめた。

「加持祈禱で良くなるものだろうかとお思いなのでしょう？」

姫の言葉に、

「わらわは加持祈禱よりも、まずは上様が召し上がることだと思えてなりません。浦路は加持祈禱さえすれば、食は戻ると信じているようですが――」

「わらわも同じ思いです。わらわたちが大奥を留守にする間、弱られた父上様に何かあっ

たりしてはとも――」

「それはわらわも気になっています。今も上様のご容態のことが案じられてきました。一緒にお見舞いをいたしませんか？」

「お供させていただきます」

二人は将軍の枕元《まくらもと》に座った。

気配を感じてか、うとうとと眠っていた将軍の目が開いて、

「三津とゆめか、よく来てくれたな」

窶《やつ》れてやや丸みの失《う》せた顔を向け、

「鰻と豆寒天のことは覚えておるぞ、礼は言うがわしはもっと美味《うま》いものが食いたい」

無理やり笑ってせがんで見せた。

「頼む、是非とも作ってくれ」

そう言い置いてまた眠りに落ちた。

「菜では鰻が一番の好物であられるというのに、それより上の口福《こうふく》なんてあるのでしょうか？」

三津姫は考え込んでしまい、

――御生母上様と一緒に召し上がった豆寒天だって、お菓子の一番のはずだわ。父上様にとって、これより美味《おい》しい夏菓子なんてあるの？――

ゆめ姫も心の中で何度も頭を捻った。

「一つ、お訊きしたいことがあるのですが、よろしいでしょうか」

――何と言っても、御台所である御義母上様は大奥での最高権威。たとえ浦路でも口止めはできぬはず――

「上様のおためならどんなことでもお応えしましょう」

三津姫に促された姫は、三人の男たちの霊が集まる開かずの御膳所について、

「あそこはいつから、開かずになったのでしょうか？」

改めてお吉の話を確認しようとした。

「上様が将軍になられてからのことです」

三津姫はきっぱりと言い切った。

――何と十代様の時ではない、お吉の話と違う――

「ただし年若かったわらわがいくら理由をお訊《たず》ねしても、〝三津は知ることなどない〟と上様はおっしゃり、教えてはいただけませんでしたけれど。それで、浦路や皆が口を揃えるように、料理人の乱心騒動ゆえと信じておくことにしたのです」

「信じておく？」

「輿入《こしい》れした時には気がつきませんでしたが、この大奥は伏魔殿《ふくまでん》のようなもので、何があってもおかしくない上に、たとえ御台であっても、関わらない方がいいと悟ったのですよ、これも年の功というもの――。近頃は十日ごとに届けられる大奥右筆記を読むのさえ止《や》めました。どうせ、日々、さらさらとうわべの出来事を連ねただけですもの、一つも面白く

などありません」

三津姫はやや苦く笑って、

「たった一度だけ、上様が開かずの御膳所についておっしゃったことがあるのです。"あそこは八代様が特別に造らせた場所なのだ"と——。わらわが咄嗟に"あら、でも、あそこは料理人が乱心、成敗されたところでございましょう？〟と返すと、上様はあわてた様子でその話を打ち切ってしまわれたのです。これで皆が口を揃える料理人の話は作り事だとわかりました。となると、八代様といえば知らぬ者はない天下の名君、そのお方が気に入られていたであろうところを、なにゆえ開かずにするのかとわらわは訝《いぶか》しくは思いましたが、もうその頃はこの通り――」

拳《こぶし》でどんと一つ胸をつくと、

「性根も度胸も据わって、謎《なぞ》めいた開かずの御膳所に近づくのが怖いとも思わない代わりに、大奥の怪や不思議を追及する気なども一切失せておりました」

話を終わらせた。

この夜、ゆめ姫はまたしても夢の中で開かずの御膳所にいた。前に見た夢同様、誰の姿もなかった。

すると突然、もおーっもおーっと鳴く声が聞こえて、大きな雌牛《めうし》が現れた。雌牛だとすぐわかったのは大きな乳房があったからであった。

――またしても、人ではない生きものの霊なのね。こんばんは、牛さん――

姫は話しかけてみたが応えはなく、もおーっもおーっとさらに鳴きつつ、雌牛が姿を消し、とたんに、食欲をそそるよい匂《にお》いが漂ってきた。

気がついてみると、襷掛けをし、藍《あい》で染めた料理番のお仕着せを着ている男がいた。竈にかけた大きめの平鍋に向かう男の後ろ姿が見えている。鬢は白髪が多く背丈は大きい。

――一番年配の方だわ――

姫は心の中で呟いたつもりだったが、

〝その通り〟

相手には聞こえていた。

霊の中にはこちらの心を読む者もいるのである。

〝そなたは将軍の末娘ゆめ姫であろうが、ここまで祖先を知らぬは不勉強の極みだ〟

〝もしや、あなた様は八代様――〟

ゆめ姫ははっとして、深々と頭を下げた。

〝左様、吉宗である〟

その言葉と同時に、竈の火と漂っていたよい匂いが消えた。

〝知らぬこととはいえ、今までのご無礼の段お詫《わ》び申し上げます〟

姫はまだ頭《こうべ》を垂れたままである。

〝なにゆえ、わしがここにいるのか、訊かぬのかな？〟

〝この場所への想いの深さゆえでは？〟

〝まあ、そうじゃがそれだけではない。それについては追々話すこととしよう。まずは好物の料理じゃ、料理〟

再び竈に火が見えて、たまらなく美味しそうな匂いがたちはじめた。

〝よい匂いであろうが——〟

〝ええ、とても。今まで御膳所から、このようなよい匂いが流れてきたことなどありませんでした〟

〝それでは話して聞かせよう。将軍家の姫ならば白牛酪《はくぎゅうらく》（バター）なるものは存じておろう？〟

〝牛の乳から作った物のことですね。父上はこれを食していれば労咳《ろうがい》（肺結核）にならぬからと、白牛酪を欠かしません。労咳に罹《かか》った人にも効く妙薬だということで、医師に白牛酪の効能を本に書かせてもおります〟

〝享保《きょうほう》年間（一七一六〜三六）、この白牛酪のために、印度《インド》から白牛雌《し》雄《ゆう》三頭を運ばせ、嶺《みね》岡牧《おかまき》（千葉県）で放牧、繁殖を試みたのは、他ならぬこのわしなのだぞ、知らぬのか？〟

吉宗は怒鳴るように告げた。

〝初めて伺いました、申しわけございません〟

姫はまたしても頭を下げた。

〝その後、嶺岡牧の白牛は七十頭にまでなって、そなたの父はその何頭かを江戸に移し、

日々、白牛酪を食して達者にしておる〃

〝元を正せば八代様のおかげでございますね〃

〝何もわしは礼を言うてもらいたいわけではない。ただ、このように白牛酪で精をつけてきたそなたの父が、病に倒れたのが不思議でならぬのだ。何かよからぬ力が働いているのではと気になっている〃

〝そちらの世におられる八代様がそうおっしゃる限りは、そのよからぬ力とは現世のものなのですね〃

ゆめ姫が念を押すと、

〝まさか、生島新五郎とわしの縁《えにし》を言うているのではあるまいな。寛保《かんぽう》年間（一七四一～四四）にわしが生島を許して、江戸へ戻したというのは巷談《こうだん》にすぎぬぞ。この件と生島は関わりはない〃

吉宗は言い切った。

五

この後、吉宗は、

〝どうだ？　このいい匂いを賞味してみぬか？〃

小皿に鍋の白いタレを一匙《さじ》掬《すく》って姫に差し出した。

〝よろしいのですか？〃

おずおずと受け取ったゆめ姫は添えられていた木匙を使って味わい、

〝まあ――〟

えも言われず濃厚で風味が高いのに驚きつつ、

〝口にしたことのないお味ながら、美味しすぎて言葉になりません。ああ、でも――〟

幼い頃、滋養がついて風邪《かぜ》避《よ》けになるからと、時折、膳に上った飛鳥鍋《あすかなべ》のことを思い出していた。

飛鳥鍋とは千三百年ほど前、現在の奈良県高市郡《たかいちぐん》において、渡来した唐の僧が鍋物にヤギの乳を用いたのが始まりとされる。

――これの濃厚な芳醇《ほうじゅん》さは飛鳥鍋の汁の比ではないわ――

すると姫の心を読み取った吉宗は、

〝上方からの受け売りにすぎない、飛鳥鍋などと一緒にされては困る〟

凄《すご》みのある声で苦言を呈した。

〝わ、わかっております〟

一瞬、しどろもどろになった姫だったが、

〝どうか、どうか、これの作り方をお教えください〟

必死に教えを乞《こ》うことにした。

〝まあ、いいだろう〟

機嫌を直した吉宗は、

〝まず、これには牛の乳と白牛酪の両方を使う。そなたは牛の乳を小鍋でそっと温めよ〞

ゆめ姫に指示しつつ、竈に大きな平鍋をかけて一塊《かたまり》の白牛酪を溶かした後、小麦粉適量を加えて木べらで混ぜ始めた。

〝温めた牛の乳を汁杓子《しるじゃくし》で一杯ずつ加えよ〞

姫は言われた通りにした。

吉宗の遣《つか》う木べらが巧みに動いて、牛の乳と小麦粉、白牛酪を合わせていく。

〝それではもう一杯、牛の乳を。わしがよしと言った時だけ加えるのだ〞

〝承知いたしました〞

——八代様はよほどこれを作るのに慣れておいでなのだわ——

ゆめ姫は吉宗の手つきに感心している。

こうしているうちに平鍋には風味が際立つ、艶やかな白いタレが出来上がった。仕上げに胡椒《こしょう》をひとふりする。

〝このタレを何とお呼びしたらよろしいのでしょう?〞

思わず訊いてしまうと、

〝ベイシャメイユと呼んでいる〞

〝阿蘭陀《おらんだ》語ですか?〞

〝いや、出島《でじま》の阿蘭陀人たちの話では、われらとはつきあいのない、仏蘭西《ふらんす》という国から伝わったものらしい〞

吉宗はむっつりと応えた。

──だとすると、これはご禁制？──

ゆめ姫がぎょっとすると、

──美味い食べ物に禁制の札は立てられぬものよな──

吉宗の心の呟きが聞こえた。

〝それにこれをわし流の料理に使えば、れっきとした将軍流じゃ。今からこのタレを使った料理を拵えるゆえ、そなたは引き続き手伝え〟

吉宗に命じられるままに、姫は普通の水加減で飯を炊いたり、さっと洗った米を白牛酪で炒めた後、水と一緒に釜《かま》に入れて竈にかけたり、なにぶん、夢なので、どこからともなく都合よく出てくる、鯖《さば》の切り身や捌《さば》いてある雉《きじ》の肉を焼いたりと、さらに忙しく立ち働くこととなった。

〝食してみよ〟

吉宗は白牛酪で炒めて炊いた飯や鯖、雉にたっぷりとベィシャメイユをかけて姫に勧めた。

〝美味しくて元気が出そうです。焼いた鯖や雉にこんな食べ方もあったとはびっくりです〟

ゆめ姫が堪能していると、

〝実はベィシャメイユかけではないが、これぞわしの極めつけなのだ〟

吉宗は炊きたての白い飯を飯茶碗《めしぢゃわん》に取ると、白牛酪を載せてあつあつの飯に溶かし、醤油をたらーりとかけた。

〝そなたは知らぬかもしれぬが、市井の食べ物には卵かけ飯という絶品がある。炊きたての飯に卵を落として醤油をかけ、箸《はし》でよく掻《か》き回して食するのだが、これはそれにも引けを取らぬ美味さだ、名づけて白牛酪醤油飯〟

〝それでは早速――〟

姫は箸を取った。

――意外な風味のベィシャメイユかけも美味しいけれど、たしかにこれはそれ以上。慣れた醤油の味がこんなに新鮮に感じられるなんて――。八代様のおかげとはいえ、こんなに美味しい夢が見られるとは何って幸せなんだろう――

ゆめ姫がしばし陶然《とうぜん》と美味さに酔いしれていると、

〝この食いしん坊め、わしも同じだから咎《とが》めだてはできぬが、話はまだある。心して聞くように〟

吉宗の姿が消えて、煮炊きのよい匂いも無くなった。

――とうとう、八代様はお顔をお見せくださらなかったわ――

取り残された姫はずっと吉宗が後ろ姿だけを見せていたことの意味を考えていた。

――幕政を建て直しつつ、民の暮らしを思いやることのできた八代様は、ただただご立派なお方で、このように料理好きだったとは聞いていない。きっと、料理好き、食いしん坊だったことは内緒にしておかれたかったのね。それと珍しい牛の乳や白牛酪は高価なものだから、掲げておられた質実剛健のお志に反すると思われたのかしら——

そんな風に思っていると、

〝誰しも秘密はあるものだ〟

ぬっと、目鼻立ちの整った公家装束《くげしょうぞく》の美男が現れた。

〝あなたは？〟

〝わからぬのか？〟

美男が後ろを向いて、公家の被《かぶ》る烏帽子《えぼし》を脱いだ。髷にそこそこ白髪が混じっている。

〝お三方のうちのお一方ね〟

〝その通り〟

振り返ると、さっき見せた顔とは似ても似つかない。どろんと淀《よど》んだ目はどこを見ているやら見当がつかないだけではなく、だらしなく曲がって開いた唇からよだれが流れ続けている。

〝流れ続けているのは上だけではない。下も流れが止まらず小便公方《くぼう》と渾名《あだな》されていた〟

〝あなたは——〟

〝われが九代将軍、徳川家重である〟

きっぱりと言い切った家重が、もう一度背中を見せてから振り返ると、元の美男に戻った。

〝霊の身はよい。現世では荒廃したままであり続けるしかなかったが、今はこうしてわれもただだらしがないだけの男《おのこ》ではなかったと、そなたに伝えることができるのだから──〟

家重はゆめ姫を意識してか、恥ずかしそうに微笑んだ。

姫は一度だけ見たことのある、将軍職に就いた時に描かれた絵姿の家重を思い出していた。

──あの時、顔を歪《ゆが》ませていて、目がうつろでさえなければ、お顔立ちはどのご先祖様より美形であられるとたしかに思ったわ──

〝でも、あなた様は──〟

〝われは頭の中身こそまあ普通だが、生まれつき満足に言葉がしゃべれないとされてきた〟

〝どうやら、それは見せかけのようですね〟

〝そうだ。これはすべて父上の策なのだ。それゆえ、われは生まれてすぐに生母上と引き離され、側用人の許で育てられて、うつけの噂を流され続けた。物心つくと父上は織田信《おだのぶ》長《なが》公のように生きよと仰せになった。だが、覇者になりかけた信長公は本能寺《ほんのうじ》で死ぬからよいのだ。今の世では、誰も信長をうつけと呼ぶものはなかろう？　ところが、生まれもって覇者のわれはうつけの真似《まね》で終生を通し、ついには、うつけと思わせるための芝居の一つだった酒色が祟《たた》って、厠通《かわや》いの絶えない病身となり、恥辱の極みで果てるしかなかった。不摂生ゆえの毒が全身に回って、尿が出なくなる死を目前にして、鏡の中の荒れ果てた顔が何と悲しく情けなかったことか――。われはほんとうにうつけだったのではないかと思ったほどだった〟

家重は悲惨な想いを切々と口にした。

〝八代様が？　どうして、お父上様はそのような酷な策をお考えになったのです？〟

姫は大きく首をかしげ、

〝とにかく生きよ、生き残るためなのだと父上はおっしゃった。それには、生まれて一度も言葉が出ぬ、軽い癇癪《かんしゃくも》持ちを装って、酒色に溺れていさえすれば、命を狙《ねら》われないはずだと――〟

家重は重いため息をついた。

六

「さあ、まいりましょう」

その翌朝、浦路の掛け声で、ゆめ姫たち大奥の女人たち一行は祈禱のため、城を出た。

護衛の侍を先頭に、三津姫やゆめ姫、側室、浦路や上臈たちは乗物に揺られ、他の多くの者たちは徒歩で行列に加わっている。

城を出てきた時はまだ夜が明けたばかりとあって暑くはなかったが、女の多い行列はしずしずと歩みが遅く、容赦ない日射が照りつけて乗物の中が蒸れてきた。しかも、姫でいる時は夏着とはいえ何枚も小袖《こそで》を重ねている。

――歩いた方がまだましなくらいだわ――

ゆめ姫はふうと息をついて、引き戸に手を掛け、外を覗いてみた。

――今日もよく晴れていて陽射《ひざ》しが強い。風もぴたりと止まっているし、もしや――

行列は草の少ない砂利ばかりの平地を前にしていた。

もやもやとしたゆらめきが見えた。

――やはり、陽炎《かげろう》だわ――

姫は局所的に密度の異なる大気が混ざり合うことで光が屈折し、起こるこの現象に知らずと惹《ひ》かれていた。

――何としても、開かずの御膳所の謎をもっと深く知りたい、そうしなければ、父上様をお助けできないような気がしてならない――

ゆめ姫が陽炎を見つめていると、熱いゆらめきが白昼夢の場面に変わった。

見たことのある背中が振り返った。

〝十代様では？〟

鬢に白髪の混じっていない十代家治の細面の公家顔が振り返った。

〝わたしの役目はこれらの説明だけである〟

家治が言い切ると、姫の視界を魅惑的な青い石柱が覆い尽くした。

〝これは胆礬《たんばん》と言う石だ。その色から焼き物の装飾のことも指すし、色を胆礬色《たんばいろ》とも言うから名ぐらいは聞いたことがあろう。水に溶けやすいゆえ、知らずと草木や生き物が吸ってしまう。しかし、銅や硫黄《いおう》を含んでいるから草木も生き物も弱ってしまい、死に至る。人は触ってもならぬ〟

家治が悲しげなまなざしになると、急に城内の池が見えてきた。池の前に小さな女の子が横たわっている。手には青い石柱の欠片《かけら》を手にしていた。

〝池から拾い上げたこれがあまりに綺麗《きれい》なので、露草《つゆくさ》を絞って色づけした砂糖菓子と間違えたのであろうが、何とも労《いたわ》しい――〟

家治の目から涙が溢《あふ》れて、

――亡くなったのは十代様のお子様なのだわ――

姫は確信した。

次には分厚く光沢のある石が見えた。家治は先を続ける。

〝これの名はわからぬ。遠い異国の山から採れるものと聞いているが、これに触れるだけで髪が抜け、身体の一部が不自由になり、多くの場合、死に至る〟

ゆめ姫は男にしては華奢な背中がぐらぐらと揺れて、亡くなっている母子の夜着の上につっぷす様子を目の当たりにしていた。

まだ白髪もなく、美形で若々しい家重が伏していた顔を上げた。顔は涙で濡れている。

〝この簾中《れんちゅう》や赤子が何をしたというのじゃ？〟

家重はその場に仇《かたき》でも居合わせているかのように、大きく切れ長の目をきっと瞠《みは》った。

——御簾中というからには亡くなられたのは九代様が将軍になられる前の話だわ——

そのうちに家重の顔は似たところのある端正な面立ちの家治に、そして、耳の形以外二人とあまり似ていない吉宗に変わった。家治も吉宗も家重同様、顔は涙にまみれている。

吉宗は命の消えた相手を、

「理子《まさこ》、理子」

呼び続け、家治の方は、

「倫子《ともこ》」

骸《むくろ》にとりすがって絶句した。

——理子、倫子——子のつく名前から察してどちらも京の姫君なのね、たぶん、こちらの方々も御簾中様か御台様——

悲しみの極致と言っていい場面が消えると、また石が視界一杯に広がった。

三番目は不自然なほど均整のとれた銀の光沢を持つ箱形で、家治が金槌《かなづち》を振り上げて叩《たた》くと砕けてより小さな箱形となった。

〝これの名は方鉛鉱《ほうえんこう》。名の中にあるえんとは鉛《なまり》のことだ。金物のうち、鉛は非常に柔らかいが、これは硫黄を含んでいるので脆《もろ》い。今、見せたからわかるだろう。灰吹法《はいふきほう》で金や銀を取り出す折に用いるそうだが、その時に出る塵《ちり》を吸うと死に至る〟

姫の前に病臥している青い顔の家重が見えた。

〝われのことを酒毒に溺れて死んだと言う者ばかりだろうが、吐くまで飲む酒はよき解毒になった。幼い頃から膳のものに硫黄の匂いがすると必ず酒で治したものだ。しばらくはわれが説明してやろう〟

家重が枕に頭をつけたまま目を閉じると、次々にさまざまな毒石が見えてくる。

四番目は金の塊によく似た石であった。

〝毒砂《どくさ》（硫砒鉄鉱《りゅうひてっこう》）だ。名が示す通り砒石《ひせき》（ヒ素）を多く含む。砒石とは石見銀山鼠捕《いわみぎんざんねずみと》りに入っている物だ。それだけ聞けばわかるだろう。猛毒だ。加熱すると、砒石特有の強いニンニク臭がする。幼い頃、好きだった線香花火に仕掛けられていて酷《ひど》い目に遭った〟

五番目は鮮やかで深みのある黄色が魅惑的な石であった。

〝これはわたしがどうしても説明したい〟

家重に代わって家治が出てきた。

〝雄黄《ゆうおう》だ。またの名を石黄《せきおう》と言う。見事な色ゆえ、雄黄色の着物を纏《まと》っている者もいるから、そなたもこの石の色は見たことがあるはずだ。これは砒石と硫黄からできている。石見銀山鼠捕りをしのぐ猛毒で、これを手に取ると、知らぬうちに悪い出来物ができたり、量によっては時を待たず死に至る。もう一人のわが姫は雄黄が白粉に混ぜられていて命を落とした。これの粉を鏃《やじり》に付ければ強力な武器となる。たった一人の跡継ぎもこうした矢を射かけられて死んだ〟

〝われとて黙ってはいられない、生まれつき頑健な父上は卒中後、不自由になったお身体《からだ》を持ち前の強い気力で元通りに治癒させていたにもかかわらず、やはりこの毒矢を射かけられて殺された〟

家重も再び顔を見せた。

六番目は真っ赤な色の目に鮮やかな石である。

〝辰砂《しんしゃ》（水銀）。古くから我が国に知られており、その色から朱砂《しゅさ》とか丹《に》とか呼ばれてきた。熱を加えると煙がでるが、これが死の因《もと》となる。薬効があるとされ薬として処方されることもあるのだそうだが――〟

ここで姫の陽炎を介した白昼夢は終わった。

一行は寺の山門を潜《くぐ》った。締め切った本堂からは祈禱を捧げる僧侶たちの声が聞こえ、焚かれている護摩の煙がたてた戸の隙間から洩《も》れ出ている。

案じた通り、招き入れられた本堂の中は、これ以上の暑さには耐えられないと感じられるほどの熱気であった。

「皆様方、どうか、上様のためにお励みください」

眦《まなじり》を上げた浦路は末席に座った。

ちなみに本堂で念仏を唱えつつ祈ることができるのは、ごく限られた身分の者だけである。他の者たちは身分に合わせて、廊下、本堂のすぐ前、少し離れた前、下がった後列、そのまた後列と日射の激しい境内《けいだい》に座って手を合わせている。

――九代様と十代様がわらわに見せてくださったのは猛毒の石ばかりだった。たとえ人の命を奪うのがこうした毒であっても、救うのはこうした御祈禱や護摩であってほしいけれど——

ゆめ姫は御台所三津姫と隣り合って座ると、右手に水晶の数珠《じゅず》を掛けて両手を合わせた。僧侶たちの唱える祈禱の念仏を聞きながら、一心に祈り続けた。

一刻（約二時間）ばかり経った頃、

——同じ石なのに毒石と違う水晶は、優れた浄化作用をもたらし、身を守るとされている——

ふと右手首に目を移すと、きらきらと幾つもの水晶珠の中が光って見えた。

——ここは陽の光など差さないというのに——。御祈禱で点《とも》っている蠟燭《ろうそく》の光はとてもここまでは届かない——

思わず見惚《みと》れてしまっていると、急に見えていた僧侶たちの紫色の衣がすーっと消えた。

——でも、まだ、御祈禱の声は聞こえているし、護摩の匂いもしている——

不思議に感じていると、葵《あおい》の紋の夜着を着せかけられて伏している、げっそりと窶れた青い顔が見えてきた。

——何と十代家治様——

〝そう、わたしだ〟

すでに家治の顔には死相が見えていた。

〝わたしの好きな将棋の駒《こま》に人知れず、石見銀山鼠捕りが塗られていた。しかし、それだけではそこそこ身体が弱るだけでなかなか死なぬ。それで持病の脚気《かっけ》の妙薬だと偽られて、

辰砂をたっぷりと盛られたのだ。この猛毒を解毒することなどできようはずもなかった〞

そう話した家治の顔はいつしか吉宗のものに変わっていた。吉宗は年老いていて、毒矢に射貫かれた肩の包帯から血が滲《にじ》み出ている。

その吉宗が家重の顔に変わると、

〝われなど放《ほう》っておいても死ぬものを、ほれ、念の入ったことよな〞

突然起き上がって、近くにあった金魚鉢に、手にしていた飲みかけの盃《さかずき》を投げ入れた。ほどなく、元気に泳いでいた赤いランチュウが、白い腹を見せて浮き上がり、断末魔の苦しみの中、家重はがくりと首を垂れて息絶えた。

七

祈禱を終えたゆめ姫たち一行が城に帰り着いたのは、暮れ六ツ（午後六時頃）をとうに越えた夕餉《ゆうげ》時であった。

父将軍の病床から夕餉の膳を下げた御膳番から、浦路の許へ報《しら》せが届いた。

「召し上がったのは清汁《すましじる》少々でございます。今まで召し上がっていた粥《かゆ》二匙ばかりも欲しくないとおっしゃって――。上様が毎年楽しみにしておられる、甲州鮑《こうしゅうあわび》が手に入りましたので、お粥も目先を変えて、あわび粥にしてみたのですが、お気に召さなかったのかもしれません。お役目、行き届かず申し訳ございません」

報せを聞いた浦路は、

「そのあわび粥、捨てずにしかと残して井戸にて冷やしておくように」

命じると、

「御祈禱や護摩の効き目はこれからです」

自分に言い聞かせるように洩らした。

ちなみに甲州鮑とは駿河湾《するがわん》で獲《と》れたアワビを加工し、醬油漬けにして木の樽《たる》に入れ、馬の背に乗せて甲州に運んだところ、馬の体温と振動によって醬油がアワビに程良く染み込んで、甲府（甲府市）に着く頃にはちょうど良い味に仕上がったとする伝承がある。

この甲州鮑を薄切りにして、昆布出汁《こぶだし》の利いた白粥に載せて食するのが、ほどよい醬油味のあわび粥であった。

西の丸に戻ったゆめ姫は、早速、陽炎や水晶が見せてくれた白昼夢について藤尾に話して聞かせた。

「それはまた、はかなげな陽炎や清流のような水晶が見せてくれた夢にしては、恐ろしく凄惨《せいさん》すぎるものでございますね。さすがに歴代の上様方のお亡くなりようについては、誰も口の端に上らせませんが、京の姫君様方である御台所様方が、あっけなく短い一生を大奥で終えられてきたことについては、あれこれと噂されております。これは大奥の掟《おきて》の一つで、跡継ぎの将軍に京の公家の血を入れてはならないというものです。そのためには手段は選ばないと――」

「お産や病の時等に毒を盛るのですね？」

ゆめ姫はぞっと身震いした。

「たしかにお話にあった御簾中様方のうち、八代様が紀伊《きい》藩主だった頃の御正室の理子様は二十歳、九代様の世子の頃の御正室増子《ますこ》様は二十三歳で、共に御出産の際に亡くなられています。十代様の御正室倫子様は御簾中様の頃に続き、御台所様になられても姫様方を亡くされて以来病がちとなり、三十四歳でみまかっておいでです。けれども、これについては大奥右筆記はもとより、花島様の大奥裏右筆記でも伝えられておりません。それとお産は女の大厄とも言われていて、今の上様の御側室方の何人もが御出産で命を落とされています。また、生まれがよくて不自由なく育った女人たちは、とかく、心折れた時、身体に響きやすいもののように思います。亡くなられるべくして亡くなられたのかもしれません」

「それなら、どうして、そのような噂が流れ続けるのですか？」

「これは洩れ聞いた話なのですが――」

藤尾は声を低めて、

「何でも、歴代の大奥総取締役様の間で上様が代わられるたびに行われる、引き継ぎの儀で伝えられてきたことのようなのです」

「大奥総取締役だけが知っている秘密の口伝なのですね」

「どうやらそのようです」

「ならば早速、浦路に聞き質しましょう」

立ち上がったゆめ姫が浦路のいる本丸へと向かおうとすると、

「ど、どうか、わたくしに聞いたとはおっしゃらないでください、とんだおしゃべりめとお叱《しか》りを受けてしまいますから」

あわてた藤尾の声が追いかけてきた。

「そなたに聞かないで誰に聞いたことにするのです？」

「そ、それは」

「大丈夫、そなたが浦路に叱られないように話しますから」

こうしてゆめ姫は藤尾を次の間で待たせて、

「どうされました？　姫様とは先ほどお別れしたばかりですし、そもそもわたくしなどにはうんざりしておられるはずですのに――」

訝る浦路と向かい合うこととなった。

まずは吉宗、家重、家治と続いた血脈とその家族たちの毒死の事実をずばりと口にした。

「誰です？　そのような埒《らち》もないことを申したのは？」

浦路は眦を上げた。

そこで、ゆめ姫は開かずの御膳所の霊の正体は、他ならない吉宗から三代続いた将軍たちであったのだと告げて、

「皆様は毒死なさる時のお労しい様子や、用いられたと思われる毒の数々を、束の間の夢でわらわに見せてくださったのです。ですから、おっしゃったのはご自身たちということ

になります」

きっぱりと言い切った。

「それは真実《まこと》ですか？」

「間違いありません」

歴代将軍の霊の話とあって、知らずと浦路は、ははあと洩らしつつ平伏していた。

「どうやら、ご先祖様方は父上様の病の因をご存じのようなのです。それでそなたにお願いです――」

ゆめ姫は大奥総取締役の引き継ぎの儀に欠かせない、口伝の事実に迫った。

「そのようなもの、あろうはずもございません。そもそも上様のお身のことなど、大奥を仕切るだけのわたくしどもには遠く与《あずか》り知らぬことでございます」

浦路は俯《うつむ》いて目を合わせずに言った。

「それにしては我が父上様の病について、祈禱を執り行うようはからうなど、案じすぎるほど案じているではありませんか？」

「そ、それは――」

狼狽《うろた》える浦路に、

「将軍職の方々のことはもうよい。なにゆえ、江戸に嫁してこられた京の姫君たちは露のようにはかなくこの世を去るのです？」

姫は少々問いを変えてみた。

「京の姫君様方はたおやかで美しく、そしてか弱い方々なのです」

落ち着いた浦路は型どおりに返してきた。

そこでゆめ姫は、

「胆礬、何やら分厚く光沢のある石、方鉛鉱、毒砂、雄黄、辰砂」

夢に出てきた石の名をゆっくりと口にした後、

「これらの毒は用い方によって、じわじわと人の身体を蝕《むしば》んだり、一息に毒死させることができるそうですね」

浦路を見据えて念を押した。

「ど、どこでそ、それを――」

浦路の蒼白《そうはく》の顔が驚愕《きょうがく》している。

「もちろん、お教えくださったのはご先祖の皆様方です。皆様方は京の姫様方の無残な死を前に涙しておられました」

「も、申しわけございません」

頭を上げていた浦路はまた平伏した。

「やはり、御簾中様や御台所様方に毒の刃《やいば》を向けていたのは、公家の血を伝えてはならぬという大奥の掟だったのですね」

再び顔を上げた浦路は、

「それは違います」

大声を放つと唇を真一文字に引き結んだ。

「どう違うのです？」

ゆめ姫は厳しい目を向けて、

「言わなければ、言い逃れと受け取りますよ」

浦路に迫った。

「ここまでおっしゃられては、もはや隠し通すことはできません。この浦路、観念いたしました、申し上げます。ただし、京と江戸とが揉《も》める元凶ともなりかねぬことですので、どうか、くれぐれも他言は無用に願います」

そう釘を刺した浦路は、急に聞こえるか否かのひそひそ声になった。

「姫様や他の者たちが噂いている事実は大奥の掟ではございません。京の宮家に伝わる江戸封じの術策にございます」

「江戸封じ？」

「遥《はる》か昔から続いてきた京の公家たちは、この徳川の世は三河《みかわ》の成り上がり者による治世と見なしているのだそうです。六代様（徳川家宣《いえのぶ》）の御台様、天英院《てんえいいん》様のお父君など、たとえ餓死しても武家などと縁戚《えんせき》にはなれない、承諾できないと文に遺されていて、姫様の江戸行きにどれほど反対なさったかしれないそうですし。それゆえ、武家の血を入れまい、尊い宮家の血を徳川の血で汚すまいと、姫様が先ほどおっしゃった毒石が使われたのです。これは宮家に古くから伝わる、決して気取られることのない巧みな殺法と聞いております。

何ともおぞましい対抗手段——」

「信じられません」

「ならば、なぜゆえに京の姫様方だけではなく、我らにとってこの上なくお大事な上様方まで、命を奪われてきたのでございましょうか?」

「それは権力や将軍の座を巡っての争いに巻き込まれるからでは?」

「それもあったでしょう。けれども、多くはそのように京側がまことしやかな噂を流してきたのです。京の姫様方を亡き者にした毒と同じ、江戸封じの毒が歴代の上様方の命を奪ったのです。江戸封じの毒は女人に仕込まれているため、女毒、あるいは男殺しとも言われていました」

「でも、やはり——」

信じられないと言葉を続けかけて、ゆめ姫は白昼夢の中にいた。

よく引き締まった身体つきと、精悍《せいかん》な顔つきの相手が男盛りの吉宗であることはすぐにわかった。

八

〝待っていてくれたのですね〟

吉宗は興奮気味に洩らした。

〝もちろんですわ、お誘いとてもうれしく思いました〟

ゆめ姫は応えていた。

——おや、わらわの声だわ。でも、これはわらわではない——

姫の居る場所は庭の丸木橋を渡った先の茶室であった。

——あらまあ、こんな形——

ゆめ姫は自分が可憐な菫《すみれ》の花を模した、優美な印象の打ち掛けを身につけていることに気がついた。

——菫は嫌いではないけれど、絵柄にしてまで着ようとは思わない。だって、わらわは生母上様と同じ、菊が見事な秋生まれですもの——

〝大叔母《おおおば》上《うえ》様は春生まれで菫がお好きと伺っておりますので、大叔母上様のことをよく存じ上げているという、京の呉服屋に頼んで作らせました〟

吉宗は照れくさそうに微笑んだ。

〝たいそう感激いたしました〟

ゆめ姫の心を持った大叔母上も恥じらった様子で目を伏せた。

——さっきからこの二人——。でも、どうして、若い女の方が八代様の大叔母上様なの？——

姫は心の声で呟いた。

〝あなたにわたしの御台になっていただきたいと思います。日記にもそのように書き記しました〟

思い詰めた口調で告げた吉宗はじっと大叔母を見つめた。

〝五代様（徳川綱吉《つなよし》）の養女であるわたくしは、年頃となってからというもの、次々に許婚《いいなずけ》が亡くなってしまうので、周囲からまるで疫病神のように取り沙汰《ざた》されてきました。こんなわたくしを御台に迎えられては、将軍のあなた様にどんな禍が降りかかるかしれません。とてもとてもうれしいですけれど、ご辞退申し上げます〟

大叔母は俯いた。

〝わたしが嫌いなのですね〟

吉宗ががっくりと頭を垂れかかると、

〝そんなことは決してございません〟

はじめて大叔母の方が吉宗を見つめた。その目には思慕の念が涙となって溢れていた。

〝大叔母上、いや、これからは竹姫《たけ》と呼ばせてください〟

吉宗は竹姫を抱き寄せた。

――ご先祖様とこんな具合になるなんて――

されるままになりつつ、ゆめ姫は当惑気味であった。

時折、姫が夢の中にいる時、このように自分ではない別の者の身体や心がまるで自分のもののように感じられることがあった。ただし、常にゆめ姫の心は失っていない。

そのはずだったが、

――ど、どうしたの？――

突然、ゆめ姫は何も見えず、感じなくなった。

――わらわはどこに？――

ゆめ姫には竹姫となった自分が三間（約五・四メートル）ほど先に見えてはいる。

――駄目っ、止めなさいっ――

大声を出したつもりだったが、もとより相手には聞こえていない。

竹姫の顎《あご》が、目を閉じて喜びを噛《か》みしめている吉宗の右肩に載っている。ぽっかりと両目を見開いて、放心したかのような竹姫は、右手で菫柄の打ち掛けの袂《たもと》を探ると、端の糸を外し、真っ赤な匂い袋を取り出した。

――駄目、駄目、それは猛毒の辰砂なのだから――

〝何って幸せなんだろう、このまま死んでもいい〟

夢うつつの表情で吉宗は呟いた。

〝八代様は竹姫との今の幸せを例えているだけだけれど、このままだと本当にそんなことになりかねない。そうなったら、八代様は数々の改革を行えず、中興の祖とも仰がれなくなる、徳川の世も続かないかもしれない――〟

ゆめ姫は懸命に自分の右手でもある、竹姫の手から、握っている辰砂入りの匂い袋を放り出させようとした。

だが、その思いとは逆に、器用な指使いで竹姫は匂い袋の紐《ひも》を外しにかかっている。

〝ああ、もう駄目だわ〟

見ていられなくなって思わず、一瞬、目を閉じかけた時、突然、茶室の畳から土間へと投げ飛ばされた。

〝痛たたたっ〟

竹姫もゆめ姫も同時に悲鳴を上げた。

〝いつものようにこの始末を、よいな〟

女の声ではあったが並みのものではない威厳があった。

――もしかして、浦路？　違うわよね、こんなところに出て来るわけがないもの――

ちらっと不安が頭を掠《かす》めた時、ちくりと刺されて左手の甲が痛んだ。

――浦路でないのだとしたら、この先わらわはどうなるの？――

目の前を烏帽子を被った黒い影が風のように走り過ぎて、竹姫は眠らされた。

しかし、二度眠ることのできないゆめ姫は起きていた。

〝天英院様、いつものように〟

浦路を二人合わせたような大女がゆめ姫である竹姫を担ぎ上げて、西の丸の居室まで運び、そっと夜具の上に横たえた。

〝竹姫、竹姫〟

障子の向こうから吉宗の悲痛な声が聞こえたが、

〝上様、お控えなさいませ。どうか、お戻りくださいい〟

さきほどの声が厳しく叱りつけると、廊下を引き返す足音だけになった。

声の主は年配の尼《あま》装束の女人で、気を失っている竹姫をじっとそばで見守り続けた。柔和そのものでこれ以上はない慈悲のまなざしである。

目を覚ました竹姫が、

〝これは天英院様〟

あわてて上半身を起こそうとすると、

〝そのまま、そのまま〟

天英院は赤子をあやすかのように優しく制した。ただしその声だけは先ほどと変わらず威風堂々としている。

〝先ほどのことは？　上様は？　たしかあの茶室でお会いしたはずで──、いったい何が？〟

竹姫は訴えるような目を天英院に向けた。

〝上様はそなたと居ると命を狙われます。上様のことも、先ほどのことも何もかも夢であったと思いなされ。そして、そなたはまだ若い、まだまだ他の幸せもありますゆえな〟

天英院は竹姫に微笑みかけたが、やはりその物言いには抗《あらが》い難い強さがあった。

この後、竹姫は観念したように目を閉じた。一筋、二筋と涙が頬を伝っていく。

〝姫様、姫様〟

これは間違いなく控えていた藤尾の声だった。

気がついてみると、ゆめ姫は天英院の代わりに竹姫の枕元に座っている。

ゆめ姫ではなくなった竹姫は面長の白い顔が雛《ひな》人形を想わせる、やや古風な美人であった。

〝八代様は男雛《おびな》、この方は女雛《めびな》、たいそうお似合いなのに、結局は結ばれず終いなのね〟

ゆめ姫が呟くと、

〝よく御存じですね〟

藤尾がへえと感心した。

〝八代様が再び御台様をお迎えにならなかったことぐらい、わらわでも知っています。それにしても、藤尾、よくここに入ることができましたね〟

〝実は昨夜、遅くまで草紙を読んでいたので、控えの間に居ても、興味津々だった浦路様の話がひそひそ声で聞こえず、つい、うとうととしてしまったのです。そういたしましたら、先ほどからここに――。姫様がご覧になった通り、竹姫様が魔物に取り憑かれたかのように、愛《いと》しいお相手であるはずの八代様に、毒の粉を浴びせかけて、亡き者にしようとしたのを見ていました。あの毒が飛び散れば竹姫様も無事では済まなかったはずです。姫様はどうして、あんなことが起きたのか、知りたくはありませんか？〟

〝もちろん〟

〝わたくしには、お二人の間に割って入ったのが、あの天英院様だったのだと報されていました。大奥裏右筆記では、天英院様は年齢は違えども八代様を憎からず想っておられたとかで、五代様のご養女だった竹姫様は大叔母なのだから、妻にすることは人倫に悖《もと》ると猛反対なさったことになっています。竹姫様は五代様の御側室大典侍《おおてんじ》の局《つぼね》様の姪御《めいご》様で、京の姫様でした。でも、まさか竹姫様が御幼少の頃から刺客の任を受けておいでだったとは思ってもみませんでした。京の姫様たちが短命だったのも、刺客の使命を帯びていたからかもしれませんね。あちらへ戻ったら、わたくし、早速、花島様にこの驚愕の真実をお伝えしなければ――〟

そう話して藤尾は突然姿を消し、いつの間にかゆめ姫は浦路と向かい合っていた。

「わらわ、うたた寝してしまいました」

ふと洩らすと、

「何度か瞬きされる間に江戸封じをその目で確かめられたのですね」

浦路は言い当てた。

「そのようです」

「上様が将軍になられて、八代様の御膳所が開かずとなって以来、そのようなことは起きていないはずです」

この時、ゆめ姫には開かずの御膳所の使われていない石窯《いしがま》の中に、将軍の霊たちが教えてくれたさまざまな種類の毒石が煌《きら》めいている様子が見えた。

――まるで人の命を吸って輝いているようだわ――

「毒石はどうしたのです？」

「大奥総取締役の引き継ぎの儀によれば、十代様が江戸封じを見つけて、全て葬ったとされております」

「どこへどうやって？」

「さあ、そこまでは引き継いでおりません。お応えできず申しわけございません」

浦路は頭を垂れた。

「十代様の時に庭土の入れ替えはなかったのですか？」

――毒石はたとえこの城の庭のどこかに埋めても、誰かが掘り出して使えば人を死に至らしめる。だから完全に封じるには、土と一緒に遠く海に運んで捨てるしかない――

「庭土の入れ替えならお父上様が命じられました。使われていなかった古井戸ごとごっそり入れ替えられたのです。たしか、八代様の御膳所を開かずにされたのと同じ頃です」

――江戸封じを無くされたのは他ならないお父上様だったのね。もしかして、将軍職にも引き継ぎの儀があって、密かに秘密が伝授されてきたのかもしれないわ――

毒石が始末されていたとわかって、ゆめ姫はほっと安堵した。すると、

〝それにはわらわもことのほか喜んでおります〟

先ほどの夢の中で聞いた声が話しかけてきた。

――天英院様？――

姫が心の中だけで応えると、

――左様です。そなたの父上が積年のわらわの懸念を拭《ぬぐ》い去ってくれました。江戸封じが起きるたび、見つけた毒石を古井戸に始末しているのでは埒があきませんでした。これ

ではとても、未来永劫、終わりそうにない始末でした。それで死んでも死にきれず、わらわも京の姫ですが、七十六歳まで生きたのです――

――生涯をかけて江戸封じを無くそうとなさったのですね――

――ええ。そもそも、五代様の後に将軍になられた我が夫は、甲府宰相の役職にあって、生まれついての将軍ではありません。長生きできたのは、父があちこちの公家を牽制《けんせい》してくれたおかげで、幸い、わらわが江戸封じの術に掛けられずに済んだからなのです。初めから将軍になる相手に嫁ぐのだとしたら、否応《いやおう》なく刺客にされて他の方々同様、若い命を散らしたことでしょう。江戸封じとは毒石のことでもあり、相手を想ったり、想われたりすると、魔に取り憑かれたかのように、毒石で相手を殺すよう導かれる、古《いにしえ》より連綿と京の公家の間に続く恐ろしい呪術《じゅじゅつ》なのです。これに掛けられて罪のない女たちが自滅し、限りなく、毒死が起こるのがたまらなかったのです。いつしか、わらわは京の姫から江戸の大奥を思いやる女になっていました――

そこで天英院の声は途切れて聞こえなくなり、

――素晴らしいことです――

ゆめ姫は深い感銘を受けた。

「また、夢の中においでのようでしたね」

浦路に訊かれ、姫は天英院とのやりとりを話した。

「そうなりますと、上様により江戸封じは駆逐されたことになります。上様の病の元凶はわからぬままでは？」

浦路は深刻な面持ちになった。

「たしかに、どうして、八代様がお子様とお孫様を引き連れて開かずの御膳所に現れるのかも、わからなくなりましたね。とはいえ、わらわは父上様と無縁だとはとても思えません」

「もしや、お捨てになった江戸封じの祟りでは？」

身震いした浦路を、

「石に心はないでしょう」

姫は安心させようとした。

「でも、相手は毒石ですからね。毒には特別の念が宿るのかも――」

――そんな風に言われるとそうも思えてきたわ――

この時であった。

突然、大中小の三羽の燕《つばめ》が二人の目の前に現れた。何度か、器用に部屋の中を壁にぶつからないように旋回すると、燕らしくもなく、ぴーっと甲高く鳴いて中庭へと飛んだ。二人に向かってまたぴーっと鳴く。

――あの御先祖様方だわ、何かを伝えたがっている――

「行きましょう」

ゆめ姫は浦路を促して燕たちの後を追った。

燕たちは父将軍の温室に辿《たど》り着くと、屋根の上に並んで止まった。父将軍は冬温かく、夏は暑すぎないよう管理されているここで、ランやバラ、ニオイゼラニウム等の異国の草木を育てさせている。

——やっと、わかった——

ゆめ姫は御小納戸役《おこなんどやく》の中でも御庭方《おにわがた》を務めている一人に訊いた。

「ここ何日かの間に入ってきた、見慣れない草木はありますか？」

「上様がお気に召しそうな、露草を華麗にした印象で、趣きのある青紫色の花がございます」

「見せてください」

「これでございます」

綺麗な青紫色の花が咲いている、鉢植えの前まで案内した御庭方が前に屈《かが》んで萎《しぼ》んだ花を取ろうとした時、

「触れては駄目っ」

姫は大声を上げて、

「すぐに毒草に詳しい者を呼び、どのようなものなのか、調べさせるのです。くれぐれも触れてはなりません」

青ざめたまま固まってしまった御庭方に命じた。

翌日、未知だったこの植物の正体が知れた。

ベラドンナと称されているもので、全草に毒があるが、花の後につける黒い実に最も多く含まれる。

口にして中毒を起こすと、嘔吐《おうと》や散瞳《さんどう》、異常興奮を起こし、最悪の場合には死に至る。

鳥類と鹿《しか》、ウサギなどはベラドンナを食べても変調をきたさないが、これを食べた鳥類や鹿を人が食べれば、死ぬ場合がある。

――たとえば、お城で飼っている鶏にでもこれを食べさせた後、料理して膳に上らせれば、父上様の息の根を止めることができる――

ゆめ姫はぞっと総毛立つのを感じた。

浦路は早速、これを持ち込んだ酒好きの植木職を追及しようとしたところ、大酒を飲んですでに頓死《とんし》していた事実がわかった。

――口封じされたのだわ。八代様たちの身に起きたことは、形を変えて父上様に降りかかってきてもおかしくないことなのだわ。それにしても、天下を束ねる将軍とは、ただその職にあるだけで、まさに命掛けなのね――

ゆめ姫は父将軍の労苦をひしと感じた。

――けれども、八代様たちがわらわに教えたかったのはこれだけだったのかしら？――

姫はふと、御膳所で見た最初の霊が金真桑のお化けだったことを思い出した。

――その次は八代様お勧めの白牛酪料理。でも、ベィシャメイユを使った魚料理も白牛酪醤油飯も、どちらかといえば冬向き。父上様は暑さで食欲を無くしていることだし、喉《のど》ごしや口当たりがよくてさらっとしてて、滋養のあるもの――そうだわ、思いついた――そこでゆめ姫は早速、牛の乳を用いた金真桑の寒天寄せを拵えた。これは牛の乳に寒天と砂糖を煮溶かして固めた後、賽子型に切り揃えて、たっぷりと白蜜《しろみつ》(砂糖を水と合わせて一煮立ちさせて冷やしたもの)を張った器に沈め、一口大の薄切りにした金真桑を載せて仕上げる。

父将軍はこの金真桑の寒天寄せだけを仇のように健啖《けんたん》に日々食べ続けて、めざましく恢《かい》復《ふく》していった。

「結局は暑気《しょき》中《あた》りだったのですね」

姫の言葉に、

「暑気中りを口実にした、いつもの美味しいものの無心だったのかもしれませんよ」

三津姫は突き放したような物言いこそしたが、その目は潤んでいた。

――気になることはもう一つある――

開かずの御膳所で清め頭をしていたと話した、吉という名の老婆のことだった。

――お吉の告げたことは真実ではなかった。ではお吉は何者で、何のためにあそこに居て、わらわにあんな話をしたのだろう?――

すると急にくらっと眩暈《めまい》がして、次にはあの御膳所の中に立っていた。

〝わたしだ〟

〝わたくしも――〟

十代家治と大きく瞠った瞳が魅力的な若い女が並んで立っていた。

〝お忘れですか？〟

女の方はお吉の着ていたお仕着せ姿で、ひょいと後ろを向いて顔だけ振り返ると、年老いたお吉に変わった。

〝年寄りに化けてお目にかかった御末頭の亜紀です〟

二人は並んで石窯の前に立った。

〝江戸殺しがまだ、あるのですか？〟

姫は夢の中とはいえ動悸《どうき》が止まなくなった。

〝たしか、ここに――〟

ゆめ姫はお亜紀が指さした石窯を開けた。

〝数多くの毒石が入っていて、擦《こす》れ合い、粉と化してこのように積もっている。これもその気になって使えば恐ろしい毒死を招く。どうか、これを始末してほしい。わたしたちはこれが気にかかって、そなたの前に出てきている〟

家治が頼んできた。

〝わかりました。その代わりに一つ、教えてください。どうして、あなた方はご一緒なのでしょう？〟

お亜紀は家治の優しい目に促されて、

〝わたくしは――〟

お仕着せから総刺繍《そうししゅう》の豪華な打ち掛け姿に変わった。

〝倫子にございます。将来の御台所として嫁ぎましたので、心と身体に江戸封じの術を掛けられておりましたが、夫婦になる前にこれを上様に申し上げたところ、予期せぬことに術が解けました。嫁いだ以上は徳川の嫁として幸せになりたかったからです。このような仕掛をするようならば、たとえ術が解けても、わらわたちの命は脅かされると上様は案じられ、わらわの影武者が選ばれることになったのです。御台所の顔まで見ることのできる者はそう多くありません。身分の低い者たちが、順番に影武者を務めることになり、女ばかり何千人と居た大奥の中で悟られることなく、何年もの間、これが続きました〟

――それでその者たちのことが、大奥右筆記と裏右筆記とでは食い違って伝えられていたのだわ――

〝わらわは昼間、お仕着せ姿で立ち働き、夜になると入れ替わり、おかげで子たちをもうけることができ、誰も怪しむ者はおりませんでした。影武者のわらわが江戸封じに遭うまでは――〟

〝どうして知れてしまったのですか？〟

〝まずは子たちが相次いで殺されたというのに、上様やわらわの身に何事も起きなかったからです。おそらく、新たに仕掛けられた江戸封じでは、子たちの死が引き金で、わらわと上様が同時に果てるよう企まれていたのではないかと思います。わらわの身代わりとなって、術を掛けられていた御末頭のお亜紀が殺されましたが、上様にお変わりはなかったので――〟

〝あり得ますね〟

ゆめ姫は吉宗と竹姫の危険な抱擁《ほうよう》を思い出していた。

――あれは燃え上がった男女の心と身体に、効力を発揮する術と毒だったけれど、思いやりと愛情に満ちた夫婦や家族の暮らしの中で、どちらかの命が果てようとした時、もう一方が一緒に引きずられる術というのも掛けやすいものかもしれない――

〝誰がどのようにして術を掛けるのか、全くわからないのが、江戸封じの計り知れぬ恐ろしさなのです〟

――お訊きしにくいことだけれど――

〝あなた様は影武者がいるとわかって突き止められ、母子ともども殺されたのですね。池の近くから出てきた母子の骸は、倫子様とお二人のお子様だったのですね〟

ゆめ姫はたまらない気がした。

〝ええ、お腹の子は三人目の上様のお子で、今度こそ、元気に育ってほしいと思っていました〟

倫子は頷き、

〝御台は御末頭として暇を取り、市井で二人の子を育てるつもりだった。将軍になどならなくてもよいから、無事に今度こそ、人並みに天寿を全うさせたかった〟

家治も口を揃えた。

〝十代様が開かずの御膳所に現れる理由は、倫子様とお腹の子の供養をしたいという気持ちもあってのことでしょう?〟

ゆめ姫が家治に念を押すと、

〝お亜紀は倫子として葬られた。一方、我が最愛の妻倫子は、下働きのお仕着せを着たまま殺され、きちんと埋葬もされていない。これが何とも不憫《ふびん》でならなかったのだ――〟

相手は応え、

〝わらわのことはともかく、上様のお子だったお腹の子だけは、徳川の墓に葬ってほしいと思いました。自分が生きることが叶《かな》わず、子を生かしてやれなかったわらわにとって、もう、それしか、我が子にしてやれることはないのです〟

倫子は声を震わせた。

〝わかりました、お約束いたします〟

姫が大きく頷いて夢は途切れた。

早速、浦路にこの話を伝えると、

「そうでしたか――どうか、わたくしにお任せください」

沈痛な面持ちで言葉少なく短く応えた。

何日かして、浦路から以下のような文が届けられた。

承りの儀、無事果たしました。

浦路

ゆめ姫様

これはきっと、大奥右筆記はもとより、大奥総取締役の口伝でも伝えられまいとゆめ姫は思った。

一方、姫の夢に入って来た藤尾は何一つ覚えてはいなかったが、やはり、また、夢に出てきて、

〝姫様は竹姫様のその後がお気になりませんか？〟

などと訊いてきた。

〝涙と八代様への想いで送れるほど人生は短くないのだから、どなたか良い方と結ばれてほしいものだけれど——〟

ゆめ姫は竹姫の幸せを願っていた。

〝姫様のお思いの通りになりましたよ。御台所候補の噂が立っていた竹姫様に、なかなか良縁がなかったのは事実でしたが、花嫁の父のように八代様は走り廻《まわ》られて、正室として薩摩《さつま》に嫁がせたのです。その後、竹姫様は天英院様ほども長生きをされて、側室腹の跡継ぎたちを温かく見守り続け、徳川と薩摩の間を取り持つ等、賢く立派な御正室ぶりを発揮されました。ただし、薩摩藩主だった殿様とは不仲ではなかったにせよ、亡くなられても、

江戸を離れず終いでしたので、その心は終生、八代様を想っていたのではないかと思います。竹姫様にとって、徳川家は永遠に八代様そのものであったかもしれません。何って、素敵なお話なのでしょう〃

藤尾の声が潤んだ。

すると、急にひらひらと華麗な蝶《ちょう》が舞い出てきた。雄《おす》である証《あかし》に瑠璃色《るりいろ》の混じった紫の地に黄色い派手な斑《まだら》がある。

林へと飛んで行く。

午後の西陽を浴びながら木々の間を活発に飛び回っている。誰かを待っている様子でもあった。

そこへふわりと、黄色い斑がない分、地味な印象の蝶が飛んできた。雌《めす》であった。

雌雄揃った蝶は、さらにまた、たっぷりと樹液を味わった後、大空を高く高く飛翔して、

〃ありがとうございます、これでやっとわたくしたちは一緒になれました〃

〃ゆめ姫よ、我らの供養の礼を言うぞ〃

竹姫と吉宗の声となった。

七夕《たなばた》が近い。

第二話　ゆめ姫は七夕飾りに導かれる

一

長三角の西瓜《すいか》は藤尾が作って」

「たしかに姫様のお作りになった飾りは西瓜ではなく、金真桑《きんまくわ》に見えます」

市井《しせい》に戻ったゆめ姫と藤尾は七夕《たなばた》を迎える用意に余念がなかった。

各家の屋根の上に高く掲げられる竹を飾るのは、願い事が書かれた短冊ばかりではなく、数珠《じゅず》のように連ねた、時季の生酸漿《なまほおずき》も欠かせない。また、稽古事《けいこごと》にちなんでつづみ太鼓や琴、食べ物では西瓜、商家では算盤《そろばん》や大福帳、筆、硯《すずり》の飾りが手作りされた。

これらは竹骨をしならせて形を作り、薄紙を貼《は》って色付けする。ゆめ姫はよく見かける
切った西瓜の形ではなく、目鼻口のある金真桑を形どってみた。

「まあ、牛の乳を使った寒天と金真桑で、上様がお元気を取り戻されたのですから、姫様がお飾りになりたい気持ちはわかります。姫様のその金真桑ときたら、不器量ながら何とも愛嬌《あいきょう》があって——。夢でご覧になった時、笑われたのではありませんか？」

藤尾は長三角の西瓜の形に竹骨をしならせながらぷっと吹き出した。

仕上げには色紙を切った網や吹き流しが用いられる。竹はさらに華やかさを増した。

「これが大奥流ですと、紙から切り抜くのは梶《かじ》の葉や瓢《ひさご》（瓢簞《ひょうたん》）でしたね」

藤尾の言葉に姫は浦路の厳めしい七夕への想《おも》いを思い出した。

「町人たちが得意げに飾る、ごてごてした多色の網や吹き流しほど下品なものはございません。武家の棟梁《とうりょう》である将軍家にふさわしいものでなければ――」

ちなみに梶の木は古代から神に捧げる神木として尊ばれていて、神社の境内《けいだい》などに多く植えられ、その葉は主として神事に用いる供え物の敷物の役目を果たしてきた。その昔の七夕には、紙ではなく、この梶の葉に詩歌が書かれていたと言われている。

瓢は厳かな催事に欠かせない、古くからの酒器である。

「大奥では短冊に書く歌は百人一首ばかりだったけれど、優れたものでも恋の歌は省かれていたわね」

姫はつくづく窮屈なものだったとため息をついた。

――〝おや、姫様、もう、お戻りですか？　もうすぐ七夕ですのに〟なんて言って、帰ってくる時、浦路は残念そうだったけど、あんなのはもうご免だわ――

「ところで姫様は七夕の謂《い》われをどれほど御存じですか？」

藤尾は史実や物事の謂われにくわしかった。

「織姫《おりひめ》と彦星《ひこぼし》の七夕伝説でしょう？　年頃《としごろ》になっても身形《みなり》をかまわず勤勉だった娘の織姫

(織女《しょくじょ》)が、真面目《まじめ》な若者、彦星(牽牛《けんぎゅう》)と出会って夫婦《めおと》になったとたん、怠《なま》け始めたので、織姫の父親の天帝が怒って、二人を引き離してしまうお話ですね。織姫を西に、彦星を東に、天の川で隔てて引き離したはず。これ、お互いの姿が見えなくなるってことよね。ところが二人はあまりの悲しみに泣き暮れ、さらに働くどころではなくなったので、見かねた父親の天帝が一年に一度、七月七日にだけ会うことをお許しになったのだと――」

姫の話は浦路からの受け売りであった。この先を浦路は以下のように続けていた。

「わたくしには天帝のお気持ちがよくわかります。そもそも織姫は天帝の可愛《かわい》い姫様で、天帝は良いお相手に恵まれることを日々祈っておられたのです。ですから、牛飼いが役目の彦星と出会って相思相愛になって結ばれた時は、どれほど喜ばれたことか――。ですが、姫様、ここはよく聞いておいてください。天帝の姫様ともなれば織姫の作る布を民は待っているのです。機《はた》を織っていただかなくては、民は寒さで凍え死んでしまいます。娘婿《むすめむこ》が牛飼いを怠れば、牛たちは痩《や》せ細って田畑を耕せず、作物は常の年のようには育たず、天候不順でも重なれば餓死は免れません。つまり、このお二人には自分たちだけではない、多くの民の命が懸かっているのです。お役目を怠けるのは法度《はっと》なのです。それゆえ、元の勤勉さを取り戻すよう、天帝がお二人を取り締まらざるを得なかったのです。きっと天帝は父親としての気持ちと天帝としての責務の間で苦しまれたのだと思います」

――あらっ?――

ゆめ姫は浦路のこの話を疎《うと》ましく感じていない自分に気がついた。

――織姫、彦星の愛は私《し》で、機織りと牛飼いのお役目は公なのですもの、天帝のお叱《しか》りはもっともだわ――

むしろ得心している。

――以前のわらわは、男女が想い合っていれば、一緒にいることが何より大事で、誰も咎《とが》め立てできるはずもなく、天帝は厳しすぎると思っていたのに――、これってもしかして成長？――

複雑な思いでいると、

「催涙雨《さいるいう》を御存じですか？」

藤尾は楽しそうに質問してきた。

「いいえ」

「七夕に降る雨のことです」

「そういえば七夕の日は雨が多いわね」

ゆめ姫は眉《まゆ》を寄せ、

――今年は晴れますように――

心の中で手を合わせた。

「催涙は年に一回の機会だというのに、雨で天の川を渡ることができない織姫と彦星が悲嘆して流す涙と言われています。これだとあまりに悲しすぎるので、雨のせいで天の川が溢《あふ》れて渡ることができなくなった時、どこからともなく、カササギの群れが飛んで来て、橋となり、二人は会うことが叶《かな》うという話もございます」

「よかった、救いがあって」

姫はほっと胸を撫《な》で下ろした。

――そうだったわ、思い出した――

ゆめ姫は亡き生母、お菊の方から浦路が聞いたという、七夕にまつわる別の話を思い出していた。

〝大空には天の川を挟んで、織姫星、彦星があるのだそうです。でも、とても遠く離れていて、七夕の夜にも近づきはしないのだそうです。ですから、七夕の夜に水を張った盥《たらい》を広縁に持ち出して、晴れてさえいれば二つの星を映し、ほれ、こうして〟

浦路は二つの光が一つになるよう、そっと盥の水をかき混ぜてみせた。

〝お菊の方様らしい、優しさに満ちつつ、趣きのある七夕の計らいでございました。洩《も》れ聞いた三津姫様も倣《なら》われて、以来、お菊の方様が亡くなられ、思い出すと辛《つら》いからという理由で大盥を七夕に持ち出さなくなるまでずっと――もちろん、上様も〝盥七夕〟などと呼ばれてご満悦でございました〟と言っていたわ。

やや感傷的な想いに浸りかけたとたん、突然、見えている世界が光に閉ざされた。白昼夢の訪れである。

――また、どうしてなの？――

白い光の中に金真桑がゆらーり、ゆらーりと揺れている。目鼻口は開かずの御膳所《ごぜんしょ》で見た時と変わらないが、周囲が暗がりではなく光なので陽気さはさらに増して見えた。

そして次の瞬間、金真桑の顔は中高できりっと目に力のある、池本家の次男信二郎のものに変わった。

――金真桑が信二郎様に？――

呆気《あっけ》にとられているうちに姫は束《つか》の間《ま》の白昼夢から覚めていた。

ほんの一瞬のことであり、気づかなかった様子の藤尾には、ゆめ姫は何も告げなかった。

「姫様、今夜の献立は何にいたしましょう？　そういえば、八ツ時（午後二時頃）にはそろそろあれを――」

すでに藤尾の関心は食べ物に切り替わっていた。

「そうね、八ツ時はあれを早速試しましょう」

姫は藤尾を井戸へと行かせた。

「よく冷えております」

満面の笑みを湛《たた》えながら藤尾は、朝から井戸で冷やしていた、二人分の冷やし小豆《あずき》寒天をギヤマンの器に移して運んできた。

夢治療処《ゆめちりょうどころ》を訪れる客はまだ一人も居ない。

「美味《おい》しいお菓子を出せば評判になるのでは？　人はとかくお酒と甘味に弱いものですよ」

食いしん坊の藤尾が言い出して、

「お菓子付きの治療ならば、思い詰めて、どうしようかと悩んでいる方々を、より癒《いや》せるかもしれないわね」

ゆめ姫も得心して菓子を振る舞うことを決めたのであった。

姫が最初に提案したのは父将軍の好物である豆寒天と、特効薬となった、牛の乳を用いた金真桑の寒天寄せであったのだが、

「それらでは、浦路様にわかってしまった時、いやしくも上様の召し上がりものを下々に与えるとは、滅相もない、言語道断。藤尾、そなたがついていながらこの始末か、ときついお叱りをわたくしが受けてしまいます。どうか思い止《とど》まってください」

藤尾の猛反対にあい、さらに、

「それに牛の乳の味は下々には馴染《なじ》みがなさすぎます。下々は親しみがあって、自分で作れそうだけれど、コツが摑《つか》めないというのがいいのですよ」

もう一押し、二押しされて、

「仕方がないわね」

さんざん頭を悩ました末、目覚める直前に見たのが冷やし小豆寒天であった。

二

冷やし小豆寒天は甘く煮た小豆と、煮溶かして固めた寒天をよく冷やし、賽《さい》の目に切り揃《そろ》えた寒天の上に煮小豆をたっぷりと載せて仕上げる。

秋風が立っているとはいえ、まだ暑さが残っているので、この冷やし小豆寒天が早速功を奏した。

「〝夢治療、冷やし小豆寒天付き〟と門札に書かれていたので、外を廻《まわ》って喉《のど》が乾いていたこともあって、ついつい立ち寄ってしまいました。もちろん、気にかかっている夢のご相談もございます。いつも通りかかっていて、治療を受けようか、どうしようかと思っていたのですが、冷やし小豆寒天がわたしの背中を押してくれました」

口入屋《くちいれや》の助屋《すけや》三右衛門《さんえもん》は茶で喉を潤した後、木匙《きさじ》を手にして冷やし小豆寒天を口に運んだ。

夢治療処を訪れた最初の患者であるこの三右衛門は、五十歳に手が届きかけている年齢であった。

上質の麻布である越後《えちご》上布を身につけている。

「お酒を飲まれない旦那《だんな》様は、三度の御膳《ごぜん》よりもお菓子がお好きなのです」

そばに控えている手代にも冷やし小豆寒天が振る舞われていた。

「これはもう、この冷たさが美味《うま》さですな」

三右衛門は目を細めて、

「わたしはまた、耳慣れているような気がするこの菓子が、どんなものかと気になって仕様がなかったんです。寒天の中に煮小豆が入っているものとばかり思っていました。でも、赤えんどう豆と違って、煮崩れやすい小豆だと、賽の目に切った時、見た目が綺麗《きれい》ではないだろうなどと案じてもいました」

惜しみ惜しみ寒天に煮小豆を載せて口に運んだ。

「旦那様はそれはそれはたいした菓子通なのです」

手代がまた言い添えた。

「さて、ここは夢治療処でございますゆえ、美味しく召し上がっていただきながら、夢のお話を伺わせていただきます」

ゆめ姫は切りだした。

「そうでした、そうでした」

三右衛門は頷《うなず》いた。

「気がかりな夢とは？」

「長年、この商いをしておりますと、はて困ったが、これはもう助屋《うち》が、いやこのわたしが引き受けるしかないと覚悟する取り引きもございます。おそらく、気になる夢はその取り引きに関《かか》わるものなのだと思います」

三右衛門は木匙の手を止めた。

「どんな変わった取り引きなのです？」

姫は訊《き》いた。

「口入屋は仕事の斡旋《あっせん》を商いとしておりますが、わたしが斡旋する相手はほとんどが大人です。一方、世の中には子攫《こさら》い、子捨てという悪事がございますが、お上の取り締まりでは絶えることなんぞありはしません。それで大人だけの取り引きのはずが、これに子どもが混じることも起きてくるんです」

「あなたは年端《としは》もいかない子どもを働かせているというのですか？」

ゆめ姫の口調が厳しく変わった。

「いえ、違います。お上に捕まった人攫《ひとさら》いが拐《かどわ》かした子どもたちの隠し場所を白状するものの、見つかった子どもたちの行き場所に困って、お役人がわたしのところへ相談にみえるんです」

「拐かされたのなら、親元《おやもと》へ帰してやればいいでしょう？」

「人攫いはこの江戸にだけいるわけではありません。遠い西国《さいごく》などからも流れてきて、たまたま捕まるのです」

――困ったわ、人攫いがどのようなものなのか、わらわはあまりよく知らない――

姫が戸惑っているとわかって、

「お上は拐かされて見つかり、身元のわからない子たちを、将来を見据えて、小僧とか、大工の見習いとかに落ち着かせているのだと聞いたことがあります。それであなた様もお役人様に相談を受けるのでございましょう？」

藤尾が助け舟を出して、姫の低い世間知を補った。

「たいていの子たちはおっしゃった通りに落ち着きます。中には主《あるじ》や親方に見込まれて立派な後継ぎになる子もいます。けれども、誰も引き取り手のない子どももいるのです。この手の子には親に捨てられた子たちも混じっておりまして――」

「どうして誰も養い親になろうとはしないのですか？」

姫は訊かずにはいられなかった。

「こととことが――」

三右衛門は額をこつこつと指で弾き、胸の上で両手を交叉させた。

「常の子どもとは異なっている子たちがいるのです」

「どのように？」

「まずは赤子の時、赤子は笑うものでしょう？　でも、この手の子たちは笑いません。親が話しかけても応《こた》えません。乳を吸う力も弱く、たいていは痩せ細っています。死んでしまう子が多いのでしょうが、何とか生き延びたとしても、こういう子たちは外へ迷い出て攫われやすいんです。また、親の中には何を言ってもやっても応えない我が子を育てるのに疲れて、あろうことか、置き去りにして捨ててしまう者もいるのではないかと思います。川に落ちたり、餓死してしまうだけではなく、場所によっては野犬に食い殺されてしまうこともあるかもしれないのに――」

三右衛門は悲愴《ひそう》な面持《おもも》ちになった。

「とはいえ、お上の御慈悲を受ける場合もあるのでしょう？」

藤尾が恐る恐る念を押した。

「稀《まれ》にはね。この手の子たちを人攫いも拾った養い親たちも持て余しますから。役に立たないとわかれば、飯を与えずに、やはり飢え死にさせられてしまうのではないかと思います。拐かしの悪事でも露呈して、他の子たちに混じって見つかればお上の知るところとなりましょう。むろん、これにはお上も頭を痛めますので、このわたしが関わることになるのです」

三右衛門はふーっと大きなため息をついた。

「あなたはその子たちをどんなところに落ち着かせるのでしょうか？」

姫は相手の顔に目を据えた。

「その子たちだって、取り柄がないわけではありません。同じことを繰り返すのが苦ではないのです。不思議と飽きないのです。無駄口をきかず、同じ仕事に熱中し続けるのは何よりだと、喜んでくれる雇い主をわたしは探して引き合わせてきました。たとえば力のある男の子なら、日がな一日鍬《くわ》をふるい続ける新田づくり農家の下働き、とかく重なりやすい弔《とむら》いに必要な墓掘りのように、根気の要る仕事で、女の子なら洗濯、皿洗い、数珠屋の石磨き等です。気の荒い連中がいるところや子守は無理ですよ。他人には一切気を使えないんで、殴る、蹴《け》るなどされて殺されかねないし、赤子の加減にも気づかず、大変なことになる恐れがありますから」

「雇い主次第でその子たちの幸不幸が決まりそうですね」

ゆめ姫は案じる目になった。

「そうなのです。それもあって、わたしはこうして、そうした子たちが引き取られて行った先を廻っているのです。わたしは、当人たちが熱中していて、朝から晩まで、鍬を持つ手や玉を磨く手を止めなくても、途中で休ませ、朝、昼、夜とちゃんと食べさせているかどうかをこの目で確かめるために出向いているんです。雇い主たちには、わたしがこのようなお目付をしないとお上に叱られる、罪に問われると大袈裟《おおげさ》に言い置いてあります」

　そこですかさず、

「なに、慈悲深いのはお上でも雇い主でもなく、うちの旦那様ですよ」

　手代が三右衛門を持ち上げた。

「そうなると、気になっているのはその子たちのことですか？」

――雇い主の中には、上手《うま》くこの人を欺《あざむ》いて、いいようにその子たちを働かせていたりする者もいるのでは？　人の裏表もこの人には長い経験からわかっていて、不安が高じてそれで夢に見るのでは？――

「実は繰り返し夢に出てくるのは人ではないのです」

　三右衛門は当惑気味に告げた。

「それでは何です？」

「これはとても結構なお味でした」

　三右衛門は冷やし小豆寒天の最後の一匙を口に運んでから、

「わたしがここへ立ち寄ったのは、この菓子ゆえと申しましたが、それだけではございません。あの上の――」

天井を見上げて、

「屋根の上に立っている竹に気になる飾りがあったからです。夢で見覚えがある金真桑の飾りが見えたのです。どうして、夢に出てくる、目鼻口のある金真桑があるのかと不思議に思いながら、足はもうここへ引き込まれていました」

——顔のある金真桑の夢を見る人がわらわのほかにもいた‼——

ゆめ姫は驚きをやっとの思いで隠した。

「何か、思い当たるふしはありませんか？」

心を静めて落ち着いた声を出そうと努めた。

「これと言っては——。ただ、わたしは西瓜よりも金真桑が好きだというぐらいで——」

三右衛門は困惑気味に笑い、

「旦那様の金真桑好きは三日にあげず召し上がるほどです。それと、とにかく慈悲深い旦那様は、子どもたちへの手土産に必ず金真桑数個を持参され、雇い主に断って共に食べておられます」

手代が言い添え、

——それで、繰り返し見る金真桑の夢は、その子たちと関わりがあると考えているのね——

姫はなるほどと思った。

「金真桑の夢があなたに何を告げようとしているのか、調べてみようと思います。ついてはあなたが見た目、鼻、口のある金真桑を描《か》いてください」

ゆめ姫は藤尾に紙と硯、筆を用意させた。

三右衛門は夢に出てきた金真桑を描いた。その金真桑は姫が夢に見た通りにこしらえ、家の屋根に立たせた竹に吊《つる》してある七夕のための飾りそっくりであった。

「わかり次第、お伝えいたします」

この夜、ゆめ姫は三右衛門の絵を枕元《まくらもと》に置いて眠りについた。

すぐに夢を見た。

ただし、金真桑は出て来ない。

商家の店先であった。

人の出入りが慌ただしく、二人の奉公人が穴に特別な紐《ひも》を通して束ね、ずっしりと重くなった一文銭を運んでいる。

――これが噂《うわさ》に聞く両替屋なのね――

とにかく活気があって、奉公人たちが忙しく立ち働いている。

帳場格子《ちょうばごうし》の前に一人の若者が座っている。整った白い顔が目立って小さく、薄い肩は幅も狭い。庇《かば》いたくなるほど、男にしては弱々しい印象であった。

そこには台秤《だいばかり》があって、客の持ち込む金子《きんす》の目方が量られ、それに応じた両替が行われていく。

若者はまるで台秤そのものになったかのように、休むことなく俊敏に量り続けている。その姿は熱中を通り越して、取り憑《つ》かれているかのようにも見えた。ただし、憑依《ひょうい》されている者ならではの不気味な気配とは無縁である。

――この男がもしかして――

姫の視線は奥の座敷へと吸い込まれた。

〝とにかく平吉《へいきち》はよくやってくれる〟

主と思われる四十絡みの男が煙草盆《たばこぼん》を取り上げた。

〝平吉が来てからというもの、遅い、早くしろというお客様からの苦情がなくなりました。何よりです。ただし、平吉の仕事の早業ぶりを洩れ聞いて、見世物のように見物人が集まってくるのには閉口ですが――〟

胡麻塩《ごましお》の髷《まげ》の持ち主は大番頭らしい。

〝まあ、それもお店《たな》の人気のうちだよ〟

主は大番頭のやや苦情めいた物言いを躱《かわ》して、

〝ああしていると、楽しみはあの仕事しかないように見えるが、平吉には他にないのかね、何かこうしたい、ああしたいということが――〟

平吉を思いやった。

〝わたしも何とか、骨身を惜しまないあの忠義な働きぶりに報いてやりたいと気にはかけているのですが、親しく話しかけてもさっぱり返事がございません。仕事は律儀にこなすだろうが、話し、話される間柄になるのはまず無理だろうと、助屋三右衛門さんのおっしゃった通りでして――〟

〝好物はないのか？〟

〝雛《ひな》の節句に旦那様が夜食にと汁粉を大盤振る舞いなさったでしょう？　平吉はあれを夢中で食べていました。どうやら汁粉が好きなようです〟

〝ならば、平吉のためにこれからも時折、好物の汁粉を大盤振る舞いするとしよう〟

〝ありがとうございます。平吉のおかげで皆も喜びます〟

〝あの平吉にもう少し、愛想というか、他の者たちへの気遣いがあればな――〟

主はうーんと唸《うな》って腕組みをした。

〝お嬢様のことですね〟

主に倣って大番頭の顔が翳《かげ》った。

〝お嬢様のお気持ちはてまえも察しておりますが、なにぶん、まだねんねで何もわかっておられません。いくらお嬢様が可愛くても、この店の婿に平吉をなどとお考えになってはいけません。人と話がまるでできない平吉では駄目でございます、到底、主は務まりません〟

〝病ならば医者に診《み》せるのだが――〟

〝助屋さんは生まれついてのものだとおっしゃっていました、これは治りませんよ〟

〝そうだろうな〟

〝平吉には汁粉の大盤振る舞いだけで充分なのです〟

大番頭は言い切り、主は口をつぐんだ。

――この店で三右衛門さんが仕事を取り持った平吉さんは厚遇されていたのだわ、でも――

なにゆえに金真桑になって夢に出てきたのかと気がかりになった時、姫は店先に引き戻されて立っていた。

ゆらりとした動きで帳場格子の前に座っていた平吉が立ち上がった。こちらへと歩いてくる。ただしその目は空《うつ》ろではないものの、姫の顔には注がれていない。

〝平吉さん〟

呼びかけてみたが、応えず、その表情は微動だにしない。

〝わたしの名はゆめ。夢であなたに会うことができるのよ。何か困ったことでもあるの？あったら話してみてちょうだい〟

だが、相変わらず、平吉はゆめ姫を見ようとも、語り出そうともしなかった。

――この先、いったい、どうしたらいいのだろう？――

すると、どこからか、あの金真桑の飾りが石礫《いしつぶて》のように平吉めがけて降ってきた。平吉はその場に倒れ、それでもなお無数の金真桑が降り続けて、平吉の身体《からだ》が見えなくなったところで目が覚めた。

「夢はいかがでした？」

藤尾に訊かれた。

「それがね――」

一部始終を話して、早速、三右衛門を呼んだ。

平吉の夢を見たと告げると、三右衛門は顔色を変えた。もっとも、

「やはり、そうでしたか」

予期していたかのようで、口調は落ち着いている。

「実は両替屋の蔦屋《つたや》に奉公させた平吉は、とんだ不始末をしでかしたのです。こともあろうに一人娘のお妙《たえ》さんと駆け落ちしてしまって――」

「まあ、そんなことが――」

姫は絶句したものの、

――駆け落ち、わくわくするような響きだわ――

羨《うらや》ましく思った。

――好きだというだけで突っ走れるのだもの、これ以上の恋路はないはず――

「わたしも責任を感じて、二人を探しまわったのですが、今のところ、見つかっていません。突然、目に入れても痛くない一人娘に店を飛び出され、心労のあまり、寝ついてしまった蔦屋のご主人のためにも、何とか見つけたいと思い続けてきました。大番頭さんもこ

んなことになるのなら、二人の仲に水など差さなかったものをと深く悔いていらっしゃいました。お願いです、あなたのお力で何とか見つけ出してください」

三右衛門は平身低頭した。

「わかりました」

ゆめ姫は請け負ったものの、

――そうは言っても、ああして、わたくしの方へ歩いてきた平吉さんは、もうこの世の人ではない。駆け落ち相手の妙さんの姿は見えなかったけれど、あの夢だけでは妙さんの生死まではわからない。二人とも亡くなって何かの弾みではぐれて、平吉さんは妙さんを探しているのかもしれないし――

やや気が重かった。

三右衛門を見送った藤尾は、

「姫様、夕餉《ゆうげ》は何にしましょうか？」

相変わらず食べることに熱心だった。

「あまり食欲がないので、このところ続いてしまっているけれど素麺《そうめん》にしましょう」

「いいですね、姫様の特製七夕素麺にいたしましょう」

藤尾はごくりと唾《つばの》を呑み込んだ。

七夕に素麺を食べるのは、昔、大陸から京の公家に伝わった儀礼の一つである。索餅《さくべい》という、平べったい麺の料理が元で、索餅を供え、食べると流行病《はやりやまい》にかからないという言い伝えが重視された。

藤尾はこの索餅の伝説にも通じていた。

「お隣り、唐土《もろこし》の七夕が関わっているのです。七夕の日にある公家の子供が病死してしまい、悪鬼と化して町に熱病の瘧《おこり》を流行《はや》らせてしまいます。ばたばたと人が死んで鬼に連れ去られていく中、その子の好物だった索餅を供えてみると、鬼の悪行は静まり、再び平穏な日々が訪れたのだそうです。以来、七夕には悪疫が蔓延《はびこ》らないようにという願いを込めて、索餅が供えられるようになったのだそうです。それが今は索餅の代わりに素麺なのです」

「織姫は糸を紡ぎ機を織っていたのですよね、素麺と糸は似ています。織姫の糸と素麺は関わりがないのですか？」

ゆめ姫は七夕と素麺の関わりにさらに拘《こだわ》ってみた。

——こういう時、起きている事実の重みに潰《つぶ》されないためには、他のことで気を変えるのがいいかもしれない——

「元々隣国より伝わった七夕は、乞巧奠《きこうでん》という、機を織る技術の上達を願う儀式なのです。ですので、姫様がおっしゃったように、この機織と関係の深い食べ物として、糸に似た素麺を七夕の食べ物と見なしていたというのはあり得ると思います。それから、素麺は天の川にも似ていますよね」

藤尾は淀《よど》みなく応えた。

四

厨《くりや》に立ったゆめ姫は側用人《そばようにん》池本方忠の妻亀乃《かめの》を思い出していた。

藤尾が姫様素麺と名づけた素麺料理は、かつて姫が寄宿していた池本家で、よもや目の前にいる娘が将軍家の姫とは知らない亀乃が、家事見習いの一つとして、作り方を教えてくれたものだったからである。

「わらわは今日の朝、魚屋が鯖《さば》と一緒に置いていった鯛《たい》のアラで、これ以上はないほどあっさりの鯛素麺にします」

あっさり鯛素麺は、まず鯛のアラ全体に強めの塩を振って四《し》半刻《はんとき》（約三十分）ほど置く。鍋《なべ》に湯を沸かして火を止め、塩が適度にしみたアラを入れ、六十数えて、冷たい井戸水の入った器にアラを取る。

「これを霜降りというのですよ。こうすると臭みが消えます」

亀乃の手ほどきは懇切丁寧だった。

こうして霜降りしたアラから鱗《うろこ》や血合い、皮等を菜箸《さいばし》を使って取り除く。

水を張った鍋に、綺麗になったアラと酒、昆布を入れ、沸騰しないように中火弱で熱しながら、灰汁《あく》を取っていく。

「灰汁をこまめにとるかとらないかで、あっさり鯛素麺の味の善《よ》し悪《あ》しが決まるのです」

灰汁をすっかり取り去ったところで、目の細かい笊《ざる》で鍋の中身を漉《こ》して、汁とアラを分ける。アラは身をほぐし、汁は塩で味を調え、別々に井戸で冷やしておく。

茹《ゆ》でた素麺は冷水で冷やし、よく冷えた汁をたっぷりとかけ、アラを載せ、好みで千切りにして水で晒《さら》した白髪葱《しらがねぎ》か細切りの青紫蘇《あおじそ》を飾る。

「曲者《くせもの》なのは塩。鯛のあら汁は繊細な濃厚さなので塩を加えすぎると、せっかくの風味が損なわれてしまうのですよ」

家事に長《た》けた亀乃は煮炊《にた》きの肝《きも》をしっかりと押さえていた。

――叔母上《おばうえ》様や池本の皆様はどうしておいでかしら？――

徳川幕府始祖の大権現家康の霊に命じられ、徳川の世のため人のために夢治療処を開いた姫ではあったが、時折、今まで起居していた池本家がたまらなくなつかしくなった。

「わたくしは旬の鯖で鯖素麺をいただきます」

これもゆめ姫が亀乃から教わったものであった。

「旬の鯖は鰻《うなぎ》にも勝るとわたくしは思います。大きくて安くて美味しくて滋養があって、結構尽くしですけど、鯖は傷みやすく、刺身にするのは少々怖い。焼き鯖が何よりです。焼き鯖鮨《ずし》があのように美味なのですから、これもきっと――」

亀乃は焼き鯖鮨を素麺料理に応用した。

「鯖の臭みはこうして抜くのでしたよね」

鯖好きの藤尾にゆめ姫がこの料理を教えると、

「これは焼き鯖鮨と互角です。ゆめ姫様が教えてくださって、夢のように美味しいから夢鯖素麵と名づけましょう」

一気に啜《すす》り込んだ藤尾は興奮してはしゃいだ。

その藤尾は紙でざっと生鯖から出る汁を拭《ふ》き取ってから振り塩をした。

するとさらにまた汁が出てくる。これをまた丁寧に新しい紙で拭き取る。

「布巾で拭き取るのでは、匂いが付いてしまっているので臭みが消えないのです」

そう姫に教えてくれたのも亀乃だった。

臭みがおおよそ消えたところで、

「手伝いましょう」

何と三枚に下ろして鯖を切り身にしたのはゆめ姫であった。

——下働きがするようなこんなことまで姫様にお教えしてしまって、罰が当たったりはしないものかしら——

この時、藤尾は真剣に案じ、ゆめ姫の方は、

——こんなことができるのも叔母上様のおかげだわ——

心から亀乃に感謝した。

下ろした鯖の切り身は火を熾《おこ》した七輪で焼き上げる。

「これはわたくしがいたします」

壁に耳あり、障子に目ありで、二人が居を構えている夢治療処の両三軒と向かい側七軒は警備の者たちが、町人に姿を変えて暮らしている。

——誰がいつ、何を見ているやもしれず、何もかも、ゆめ姫様がおやりになってしまっているとわかっては、あの浦路様にどんなお咎めを受けるかしれたものではない——

藤尾は苦心惨憺《さんたん》して、何とか七輪での火の熾し方と魚の焼き方をわが物としていた。

「それではわらわはタレを作るとしましょう」

ゆめ姫は鍋に濃い鰹出汁《かつおだし》を注いで、沸騰させてさらに砂糖と醬油《しょうゆ》を入れた。ここに焼き上がった鯖の切り身を入れて、しっかりと煮る。

味を見て汁が濃くなっている場合は鯖を取り出した後、汁に水と酒、味醂《みりん》等を足して沸騰させ、素麵のつけ汁くらいの濃さになるようにする。

素麵は茹でて笊にあげ、水で洗ってぬめりを取っておく。

素麵を大きめの深皿に盛りつけて、調味したかけ汁をかけ、焼いて煮た甘辛の鯖を添える。

山椒粉《さんしょうこ》、生姜汁《しょうがじる》、七味《しちみ》唐辛子《とうがらし》を好みでかける。

「こればかりは、かけ汁は温かい方がいいですね」

藤尾の念押しに、

「それは鯖が鯛などより脂が多く、よほどクセのある魚だからでしょう。冷めるときっと、熱で抑えられていた臭みが出てしまいますよ」

応えたゆめ姫は、これもまた亀乃からの受け売りだったと気がついた。

「邪魔をします」

庭の方から声が聞こえた。

「よい匂《にお》いですね」

訪れた信二郎は厨に入ってきた。

「少々、お久しぶりですね」

信二郎に挨拶《あいさつ》されると、

「お役目ですか？」

ゆめ姫はやや切り口上に訊いてしまっていた。

与力のお役目を果たしていた秋月修太郎《あきづきしゅうたろう》が、実は幼子の時に拐かされたもので、方忠と亀乃とは親子、総一郎《そういちろう》とは兄弟であると絆《きずな》を確かめ合うことができたのは、姫の夢の力でまごうかたなき池本家の次男と判明したからであった。

その後、信二郎は血のつながった家族の望みを退け、側用人の次男としてではなく、拐かした女が嫁いだ先の与力職を継いでいた。

そんな信二郎が悪霊に取り憑かれて眠り続け、池本の家族たちは交替に夜を徹して看病に努め、ゆめ姫もこれに加わった。

信二郎が目覚めた時、皆はどれほど喜び、神仏に感謝したかしれなかった。

ただし、信二郎は悪霊との長い闘いでもあった、夢の中の出来事をほとんど覚えていなかった。

「三途《さんず》の川の前まで来ていたのだと思います。向こう岸に女の人がいました。若い頃の養《は》母上《ははうえ》に似ていたように思います。首を振り続けていて、こちらへ来てはいけないと言っているようでした。我が子を失い、身代わりにそれがしを拐かして我が子と偽り続けた養母上は、それがしを助けようとしてくれたのではないかと――。覚えているのはこれだけです」

これを聞いた亀乃は信二郎の養母の墓に参って、〝よくぞ、助けてくださいました〟と手を合わせたが、ゆめ姫は、

――わらわは信二郎様と同じあの世にも恐ろしい夢を見ていたはずなのに、拐かしの養母上など出てきはしなかった。必死に見守ったり、共に闘おうとしたわらわのことは寸分も覚えていてくださってはいない――

正直失望した。

以来、市中に穏やかな日々が流れていてこれといった事件が起きていないこともあって、信二郎と顔を合わすこともなく時が過ぎていた。

信二郎は気がついていないが、姫は漠《ばく》とした寂しさを抱いていたのである。

片や信二郎の目は夢鯖素麵に注がれている。

――こんなことで拗《す》ねていては大人げないわね――

ゆめ姫は笑顔を作って、

「いかがです？　これも叔母上様のお味ですよ」

信二郎のための夕餉の膳を藤尾に用意させた。

箸を取った信二郎は一箸一箸、惜しむように嚙《か》みしめて、

「これほど美味い鯖料理はこの世にないと思います」

言い切った。

「それではお代わりをお持ちしましょう」

居合わせた藤尾が立ち上がり、

「お願いします」

信二郎の言葉に大きく頷いて厨へ行った。

五

「大病をなさったようにはお見受けできないほどお元気になられましたね」

一時は目方も減り、窶《やつ》れた印象だった信二郎も、今は前と同じように生き生きとしている。

「実はあのような重い病に罹《かか》ったことで、作風が変わったような気がするのです」

信二郎は情熱の籠《こ》もった目を向けた。

——魅力的なまなざしだけれど、向いているのはわらわではなく、戯作《げさく》や噺《はなし》のたねになのだわ。取り違えて受け取っては駄目——

信二郎は秋月家の実子に気を遣い、秋月家を出て戯作や噺家で暮らしをたてようとしたことがあった。これがそこそこ成功し、秋月の家を継いだ後も、版元や寄席に乞《こ》われて与

力との二足の草鞋《わらじ》を履いている。

「御自分の病までもが書くことの肥やしになるなんて、やはり、書くお仕事は素晴らしいわ。禍《わざわい》転じて福となすとはあなたのようなお仕事を指すのでしょうね」

姫は的を射た応えをしたつもりである。

「今までは義経《よしつね》公と頼朝《よりとも》公という異母兄弟が伝えられていることとは異なって仲がよかった云々《うんぬん》とか、史実に想を得ながら逆手に捻《ひね》ってぱっと派手に見せるものが好みだったのです。ところが長く寝付いて目覚めたとたん、心と心でしっかりとわかりあえる、男女の話が書きたくてたまらなくなりました。前に噂で聞いたことのある、近松《ちかまつ》の心中物おっと相《あい》対死物《たいじにもの》の真髄《しんずい》もぴんと来るようになったのです」

上方で活躍した人形浄瑠璃《じょうるり》作家近松門左衛門《もんざえもん》の心中物は、貫かれる互いの想いの重みが、切なくも悲しく美しいと評判であった。しかし、心中を美化する風潮が高まったため、幕府は上演のみならず心中という言葉も禁止し相対死と言い換えさせていた。

——まあ、究極のこの世では叶わない男女の想いの成就を、信二郎様がお書きになる——‼

「新しい作品の御成就を心から願っています」

ゆめ姫は胸のあたりが少々苦しく感じられた。

「ついてはあなたにご相談したいことがあるのです」

信二郎は姫の顔をじっと見つめた。

「まさか、わたくしなどお書きになるもののお役にたちませんわ」

ゆめ姫は頬《ほお》のあたりが熱くなるのを感じた。

「解き明かしていただきたいことが起きているのです」

そう告げて信二郎は片袖からやや長い丸形の黄色の紙を出した。

――まあ、金真桑の顔――

姫は夢鯖素麺のお代わりを運んできた藤尾と目と目で頷き合った。

「七夕飾りをお作りになったんですか？」

藤尾に訊かれた信二郎は、

「いや、短冊しか下げないのが秋月家流です」

首を横に振り、

「ではどうして？」

姫が代わって畳みかけた。

「先ほど申した通り、このところ、今までと異なる作風を世に問いたいと思っています。これだと思いついても、先に似たものが出ていては二番煎《せん》じです。柳の下の二匹目の泥鰌《どじょう》を狙《ねら》うのは嫌なんです。是非とも、それがしでなければ書けない独自性で世に新風を送りたい。それで市中の草紙屋という草紙屋を必死で廻っていたのです。気になる草紙は買い求めました。そんなある日、役宅に帰り着いてみると、右の袖《そで》の中に何かが入っていることに気がつきました。そこで探ってみるとこれが出てきたのです」

「草紙屋は紙で出来た雛壇なんかも売っているでしょう。きっと七夕飾りも売っているところもあるはず。七夕飾りにはしないものの、これに面白みを感じ、くすっと笑う代わりに、何となく買い求め、何軒も廻るうちにお忘れになってしまっていたのでは？」

藤尾の言葉に、

「いえ、決してこのようなものは買っていません」

信二郎は憮然《ぶぜん》として言い切った。

「草紙買いのついでに紛れて入ったようなことは？」

なおも言い募《つの》る藤尾に、

「まさか――」

信二郎は、はあとため息をついた。

「あと考えられるのは――」

藤尾はゆめ姫の方を見て、

「この金真桑の顔飾りが市中でとても流行《はや》っていて、草紙屋の一軒が気を利かせておまけにしてくれたことです」

「そんなことがあるのですか？」

姫は藤尾と信二郎、両方の顔を見た。

「聞きませんね、そんな噂」

藤尾は言い切り、

「そんなに流行っているなら、どこの草紙屋にも、また、露店の七夕飾り売りのところにも見受けられたはずですが、その様子はありませんでした。そもそも、これだって、見かけた覚えは全くないのです」

信二郎は鬱陶《うっとう》しくてならない表情になった。

「それでは改めてお訊《たず》ねします」

ゆめ姫は信二郎の顔に目を据えた。

「わたくしのところへおいでになった以上は、夢に関わってのことと思います。この金真桑の顔飾りとあなたの夢でのお悩みは、どうつながっているのでしょうか？」

「これが繰り返し夢に出てくるのです」

藤尾は小さくあっと叫び、

――まあ、あの助屋三右衛門さんと同じではないの!!――

姫は驚きを隠して先を続けた。

「どんな様子で？」

「我が家の七夕には不要と考え、勝手口の塵芥《ごみ》入れに捨てました。ところが目を覚ましてみると、元の通り、片袖に収まっているのです。これを繰り返しましたが、ここまでは夢ではありません」

この時、姫は白昼夢に見舞われた。信二郎は金真桑の顔飾りを手にして、勝手口へと向かうが塵芥入れの前で立ち止まり、捨てようとして捨てられず、捨てずに片袖に落としていた。その動きはまるでその七夕飾りに操られているかのようだった。

——一度夢の中で操られた信二郎様は、たやすく霊に取り憑かれる下地ができてしまっているのでは？

「そして？」

動悸《どうき》を感じつつゆめ姫は先を促した。

「これはもう秋月家の先祖の助けを借りるしかないと夢で思いました。それで仏壇に供えることにしたのですが、これときたら——」

信二郎は畳の上に置かれている金真桑の顔飾りに敵意のこもった視線を投げた。

一瞬、姫は金真桑のおかしみのある顔の眉がぎゅっと吊《つ》り上がり、鼻が天狗《てんぐ》のように伸びて、大きく開いた口から鋭い牙《きば》が剝《む》き出される光景が見えた。

「こちらが触れてもいないのに、ぴょんぴょんと勝手に跳ねて線香立ての中の灰を部屋中に撒《ま》き散らし、供えてあった花立ても位牌《いはい》と一緒に倒したのです。ずっとこの夢が続いています」

すると姫にもその様子が手に取るように見えた。

——これは怒りだわ——

そう感じたとたん、金真桑の面を被《かぶ》った人が現れた。

——平吉さんでしょう？　何をそんなに怒ってるの？　教えて——

この時、穏やかな光の輪が平吉に近づいてきていた。

――あの世の光はあなたを迎えに来ているのよ、光の中へお行きなさい――

ところが、平吉はくるりと光の輪に背中を向けた。

――わかったわ、何か思い残しがこの世にあるのね――

――ん――

はじめて姫は平吉の心の声を耳にした。そして、見えていた場面が稲荷《いなり》の石像に変わった。段々その石像が後ろに退いて周りも見えるようになると、商家の古びた裏木戸が背景になった。

そこへ金真桑の面をつけたままの平吉が入っていく。

「藤尾、紙と筆と硯をお願い」

描き取るものを用意させたゆめ姫は、この様子を精一杯正確に描いた。

「この金真桑の面を被っている方の顔を、わたくしは知っています。夢に見たのです。名は平吉さんと言います。一風変わった力の持ち主で、両替の天秤の神様みたいなのだそうです。わたくしはあの世に行けずこの世を彷徨《さまよ》っているこの方をお助けしなければなりません」

「なるほど、あなたが夢に見たという金真桑の面の男が成仏できないのは、得心のいく死に方をしなかったからかもしれませんね」

信二郎は与力らしく洞察《どうさつ》して、描かれた情景をじっと見据え、

「これは三十間堀《さんじっけんぼり》の質屋井筒屋《いづつや》五平衛《ごへえ》です。神社でもないのに、狐《きつね》を形どった石像がある、

珍しい裏木戸がある商家は市中に一つしかありません」

「そこへ急ぎましょう」

ゆめ姫は素早く身支度して、信二郎と共に三十間堀へと向かった。

井筒屋五平衛は代々、質屋として堅実な商いを続けつつ、最近では銭両替にも間口を広げていた。

三右衛門が平吉を斡旋した蔦屋は両替商の中でも本両替と呼ばれ、金、銀の両替も扱っていたが、井筒屋は銭だけを両替する銭屋であった。もっとも、どちらも正確で迅速な両替が商いの肝ではある。

とはいえ、それなりの客も訪れる本両替では、多額な両替が行われる間、優雅に茶などが振る舞われる休み処があったりするが、銭屋ではその手のもてなしは不要である。宵越しの金は持たない江戸っ子気質《かたぎ》の客たちは誰もがせっかちで、何よりも早い両替がもとめられる。

主の三代目五平衛は平吉について話し出した。

「平吉のことは蔦屋さんに居る頃から知ってました。神業のように両替をこなす若いのが居るって、評判になってましたので、番頭と一緒に見に行きましたから。帰ってから、これじゃ、もともと太い商いの蔦屋さんがますます肥えるはずだと、二人でため息をついたほどです。まさか、その当人が頭を下げて、井筒屋《うち》に奉公したいと言ってくるなんて思ってもみませんでしたよ」

六

「それで平吉は？」

信二郎は先を促した。

「客は侮《あなど》れません。うちへ平吉が入ってくれてからというもの、何しろ、井筒屋は両替が早くて間違いがないってことで、思った通り、以前より繁盛《はんじょう》しました。丸い眼鏡をかけさせると、誰も蔦屋にいた平吉だと気づきません。蔦屋からこんな店に来てくれたんだから、何とか、蔦屋で頂いていたのに近い給金を出してやろうと、あれこれ、訊いてみたんですが、そもそもが話が上手く通じない上に、蔦屋の名を聞くと貝のようにうんともすんとも言わず、聞こえないふりをしていました。それでよほどのことがあったんだろうとは察してましたが、ある日、やってきたものの、荷物を置いたまま、昼頃、外に出てかき消えるようにいなくなったんです。これは蔦屋に戻ったのかもしれないとも思ったのですが、確かめてみると違いました」

「荷物ということは住み込みではなかったのか？」

信二郎は訊いた。

「はい、通いでした。住み込みを勧めたのですが、そればかりは聞き入れませんでしたから」

「どこに住んでいるか知っていた者はいないのか？」

「モノをほとんど言わない男でしたから、〝おはよう〟〝ごくろうさま〟なんていうこちらの挨拶にだって、ようやっと頭を下げるだけでした。そんな様子は気に入りませんでしたが、とにかく、両替に長けていて、そこそこ優れた天秤扱いの奉公人の三人分を、平吉が一人で難なくやり遂げてましたから、文句は言えませんでした」

主は苦笑した。

「先ほど荷物を置いたまま、いなくなったとおっしゃいましたね。どんなものなのか、見せていただけませんか？」

ゆめ姫は平吉の荷物が気になっている。

「いなくなって一年を過ぎたら捨てさせることにして、小僧頭に納戸にしまわせてあります」

主は番頭に命じて納戸番の小僧のところへ姫たちを案内させた。

「少しお待ちください」

相手は小僧とはいえ納戸番を任せられるだけあって大人びた様子の少年である。

戻ってきた小僧は平吉の置き忘れた荷物を手にしている。

「よかったです、引き取ってもらえるんですね、実はこれには困ってて」

小僧は風呂敷《ふろしき》包みから這《は》いだして、一匹、また一匹と手や肩に跳ねて移ってくる小さな虫を叩《たた》き落とした。

「これがいるもんですから、旦那様はしばらくしまっておくようにとおっしゃったんですけど、そうしたところ、砂糖や粉なんかもある納戸の他のものまで、蚤《のみ》の子だらけになってしまったんです。それで食べ物のない、庭の道具小屋に置いておいたんです」

「蚤は普通、人や生き物の血などが餌《えさ》ではないのか？」

信二郎は首をかしげた。

「てまえの郷里《くに》では鼠《ねずみ》がたいそう多かったんです。それでどこの家でも猫を二、三匹飼って鼠取りをさせてたんですが、猫には蚤が付きもので、これには皆、難儀してました。猫につく蚤の幼虫は親虫の出す糞《ふん》を食べて育つんです。もちろん人の食べ物も餌になります。そして、また猫の血を吸って増えていく。それで郷里じゃ、嫌がる猫の水浴びが欠かせませんでした」

「それをちょっとごめんなさい」

ゆめ姫が小僧から風呂敷包みを受け取ろうとすると、

「それはそれがしが――」

代わりに手にした信二郎は這い出てくる蚤をぱたぱたと払いつつ、結び目を解いた。

ごわごわした触り心地の毛皮が出てきた。毛皮は筒形に縫い合わされ、両端に穴が開けられている。穴の大きさは片方が生まれたての赤子の頭ほどで、もう一方は人の片目ほどであった。

「何なんでしょう？」

小僧は見当がつかない様子だったが、毛皮の種類は言い当てた。

「狼《おおかみ》の毛皮だと思います。郷里の冬は寒いんで皆、猟師が撃ち殺して売りに来る狼の毛皮を競って欲しがってました。両袖のない上着に作るとたいそうな温かさなんですよ。でも、これじゃあ──、こんな仕立ての狼毛皮見たことないです」

「それに触らせてください」

姫はわりに器用な手つきで蚤を払いながら、狼の毛皮細工を手にしてみた。

すると白、黒、茶トラ、三毛、錆《さび》等、ずらりと居並ぶ猫たちに取り囲まれた。

猫たちが話をしていた。

──これは霊ではなく、猫だわ──

〃そろそろあたしの番だわよ〃

〃夏はとかく蚤の奴が威張り散らして気にいらねえ、痒《かゆ》いのなんのって〃

〃しかし、夏に湯をかけられるのはなあ──〃

〃あら、冬ならいいの？〃

〃水鳥や金魚ならともかく、おいらたちは猫だぜ、洗濯されるのはご免だよ〃

〃それでも蚤のせいで痒くて昼寝ができないよりはましってもんよ。あたし、この頃、これもいいもんだって思えてんのよ〃

〃まあ、しつこい蚤を取ってくれるんだからな。俺たちの毛の間に棲《す》んでる蚤の奴ら、湯をかけられて四苦八苦してるところを、筒の中の毛皮に助けられたと思ってしがみつく。でも、そいつは俺たちの仲間でも、生きてもいねえから、万事休すだ。これで俺たちは奴

らとはおさらばよ〃
〃だから、少しは我慢しなくちゃ〃
〃月並みの一枚皮じゃない、今度の奴の蚤取り道具は結構面白いしね〃
〃あの筒の中、潜《もぐ》りこませられると外が見えるし、気持ちいいじゃない?〃
〃俺はこのところ、自分からあの筒に飛び込んでる。たしかに悪くない居心地だ〃
〃さあ、そろそろよ、みんな、暴れたりしないでおとなしくしてましょうね〃
急に薄暗くなり、大きくて堂々としていて、透明な青い目が美しい白い雌猫《めすねこ》が言い渡したところで、ゆめ姫の白昼夢は終わった。
「これはたぶん、猫の蚤取り用に作られたものだと思います」
姫は猫たちの話から狼の毛皮でできた筒の用途を説明した。
「このお江戸にはそのような稼業があって、平吉さんは店が大戸を下ろした後、猫の蚤取りでまた稼いでいたんですね」
小僧はやや羨ましげな顔をして、ゆめ姫と信二郎は井筒屋を後にした。
信二郎は川辺に降りると、筒形の蚤の付いた狼の固い毛皮をざぶざぶと洗い清めて、
「平吉には両替の仕事の傍ら、朝な夕なに猫の蚤取りをしなければならない事情があったに違いありません。それが何であったのか、確かめてはいただけませんか?」
ゆめ姫に手渡した。
「わかりました」

早速、姫はこれをよく乾かして枕元《まくらもと》に置いて寝た。

〝なかなか似合うじゃないか〟

のっぺりとした酷薄な印象の三十半ばの男が話しかけてきた。

〝それにしても、座頭はすげえや、目の付け所が違いまさあね〟

若い男の声がすかさず持ち上げた。

〝危ない橋を渡らずにはいい目は見られないんでね〟

〝御法度の近松の心中物なら、どっかでこっそり誰かが始終演《や》ってまさあね。けど、座長の案は、役者たちの舞台はただの前ふりで、その後が肝心。心中物に出てきそうなはかなげで色っぽい素人女が、一字一句間違えずに、同じ話を棒読みで諳《そら》んじるってえ趣向は凄《すご》い、芝居と見世物が一緒に味わえる。高い金を払う客たちはさぞかし満足するでしょう〟

――この声、聞き覚えがあるわ、いったい誰だったかしら？――

思い出せずにいると、

〝さあさ、自分でも見るんだよ〟

姫は肩をこづかれて鏡台の前に座らされた。

――これがわらわ？――

〝なんて素敵な女子《おなご》なのかしら？〟

鏡の中には大丸髷《おおまるまげ》に結って、白粉《おしろい》は濃いめ、唇はつやつやと赤く、深緑色の大島紬《おおしまつむぎ》を粋《いき》に着こなしている商家の内儀の姿があった。

——ああでも、白粉も紅もつけすぎだわ——

咄嗟《とっさ》に手の甲で拭《ふ》き取ろうとすると、手首を摑《つか》まれて、

〃おおっと、そいつは駄目だよ、平吉、これくらいにしねえと舞台映えしねえんだから〃

聞き覚えのある声の主の顔が鏡の前にぬっと現れた。

——何と助屋三右衛門さんのところの手代さん——、それにどうやらわらわは平吉さん

——

ゆめ姫の心を持った平吉は手代をじっと見つめた。ちなみに姫の夢の中では時折、気にかかっている相手に成り代わることがある。

〃何でえ？　俺の顔に何かついてるかい？　それとも俺に一目惚《ひとめぼ》れ？　しかし、まあおまえが両刀遣いだったとはな。恩ある筋のお嬢さんを連れ出しただけじゃ物足りねえんだな。こいつめ、胸くそ悪いったらない〃

この時突然、ゆめ姫の右脇腹《みぎわきばら》に抉《えぐ》られるような痛みが走った。

〃さあさ、誰もかれもが立てる舞台じゃあないんだ。分不相応な大枚も降ってくる。座頭を裏切るようなことをしちゃあ承知しねえぞ〃

次には左脇腹が力いっぱい抓《つね》られた。

——痛、痛い——

だが不思議に悲鳴も呻《うめ》き声も出なかった。

七

〝さっき近松の「曾根崎心中《そねざきしんじゆう》」を三文役者たちで見せただろう？　誰も真似《まね》のできない天秤扱いと同じで、おまえさんはそっくり覚えているはずだ。さあ、一つ試しに諳んじてもらおうか〟

座頭がゆめ姫の心を持った平吉に向かって顎《あご》をしゃくった。

〝早くしねえと、助屋に奉公してわかった飛び抜けた力が、両替だけじゃねえってことの証《あかし》になんねえし、俺も駄賃が貰《もら》えねえんだよ、俺のためにもやってくれよな〟

手代は左右の脇腹をまた抓った。

痛みの余り、涙が湧《わ》き出て目の前が霞《かす》みながら、あろうことか、滑るように言葉が心いっぱいに溢《あふ》れ出てきた。

──「此の世のなごり。夜もなごり。死にに行く身をたとふれば、あだしが原の道の霜」──これって噂に高い近松の心中物の道行きの段の始まりなのでは？　でも、わらわはどうしてこんな台詞を知っているの？──

もとより姫が近松の舞台を見たことなどあろうはずもなかった。

そして極めつけは、

──「未来成仏うたがひなき恋の手本となりにけり」──若い男女が命がけで恋を全うしたってことだわね。でも、死ぬのが一番美しいとは思わないわ。死んで後悔したり、怨念を募らせたりして、成仏できない霊は多いもの。生きてこそ、美しい花実がつくものよ——

〝早くやれっ〟
手代の拳《こぶし》が鳩尾《みぞおち》をやや外して殴りつけてきた。
〝これ以上痛い目をみたくなかったら、やれったら、やるんだよ〟
うっと叫んで平吉は気を失いそうになったが、何とか持ちこたえていると、
〝やれっ、やれっ、やれっ〟
手代は鳩尾への直撃を続けた。
痛みはもう感じない。
最後に、
〝もう、いい。しかし、とんだ猿芝居だったたな。猿芝居に銭は払えない〟
座頭が背中を向け、
〝この野郎、畜生〟
大きな水瓶《みずがめ》をこちらに振り上げた悪鬼さながらの手代の顔が迫った。
次に気づいた時、すでに平吉は死んで土間に横たわっていた。
ゆめ姫は平吉の骸《むくろ》のそばに居る。あたりを見回すと水瓶ばかりずらりと並んでいる。
——たぶんここは水瓶を作る瓶屋さんの土蔵だわ——
骸はそのままで平吉の霊が立ち上がった。

〝『曾根崎心中』は、元禄《げんろく》十六年（一七〇三）四月七日、早朝、大坂堂島新地《どうじましんち》天満屋《てんまや》の女郎はつ、元の名は妙、と内本町《うちほんまち》醬油商平野屋《ひらのや》の手代である徳兵衛《とくべえ》、が西成《にしなり》郡曾根崎《そねざき》村の露《つゆの》天神《てんじん》の森で情死した事件を元に書かれた物である〟

平吉は淀みない口調を披露した。

〝『曾根崎心中』を覚えてたのに、諳んじなかったのは、それが嫌だったからね〟

姫の言葉に平吉はこくりと頷いた。

〝心中をいいとは思ってないのね〟

平吉はまた頷いた。

〝どうして？〟

すると突然、駆け落ちした蔦屋の娘お妙と思われる若い女が平吉の横に並んだ。童顔のお妙は市松《いちまつ》人形のように愛らしい様子であった。

〝平吉、あたし、おまえに何かあったら、とても生きてはいられないからね、わかってるわよね〟

平吉は頷いてそっとお妙の肩に触れた。

そして次には、

〝平吉、平吉、お腹《なか》が空いた、ご飯はまだ？〟

寝そべって草紙を読んでいるお妙の甘えるような声がして、竈《かまど》に屈《かが》み込んで汗だくになりながら、必死に飯炊きをしている平吉の姿が見えた。

菜を買いに行き、手に握った僅《わず》かな銭を相手に見せて残り物をねぎっている様子の平吉、姉さん被りをして箒《ほうき》を使い、天井の埃《ほこり》を落としている平吉、洗濯物の中にお妙の桃色の腰巻きを見つけて、首をかしげた挙げ句、頬を染める平吉——。平吉は幸せそのものに見えた。

——平吉さんは本当にお妙さんが好きだったのね——

ゆめ姫は感動したところで目が覚めた。

朝餉を終えたところで、

「姫様、秋月様がおいでです」

信二郎が訪れた。

「夢はいかがでしたか？」

ゆめ姫がありのままを伝えると、

「それで二人の居場所はわかりましたか？」

「広くはないようでした。お妙さんが昼寝をしていたのも、御膳をいただくのも、平吉さんが掃除をしていたのも同じ場所でした」

「それなら長屋でしょう。もっとも、平吉は長屋は大店《おおだな》の娘のお妙にはふさわしくないと考えて、何とか仕舞屋《しもたや》に住もうと、井筒屋の両替の仕事が退《ひ》けた後、猫の蚤取りで稼いでいて、猫化け婆《ばばあ》のところで夜も働いていたようです」

「猫化け婆？」

「猫好きな元芸者で、どこぞのお大尽《だいじん》の旦那の囲われ者という噂がある、変わり者の婆さんです。猫化けといわれているのは、年齢《とし》のわりに若く見えるからでしょう。とにかく、捨てられている猫を拾わずにはいられず、その数は百匹以上とか――。もしかしてと、この婆さんを訪ねたところ、無駄口がなく、筒形の狼皮での仕事が早く、何より猫たちに嫌われない平吉が気に入って贔屓《ひいき》にしていたと話してくれました。これだけの数の猫がいれば、平吉は安心して稼げると喜んだことでしょう」

「猫化け婆さんは平吉さんの居所を御存じではなかったのかしら？」

「もともと口は滅多にきかない奴ですし、猫化け婆に言わせると、〝あんた、詮索《せんさく》なんてもんは、たとえ野良猫に対してだって無粋だよ〟ということで、訊ねなかったそうです」

「でも、他に手がかりはなさそうだわ」

ゆめ姫は猫化け婆に会いに行くことに決めた。

「わたしも参ります。わたしは猫好きなので何かのお役に立つかもしれません」

藤尾が名乗り出て、三人は山王町《さんのうちょう》に住む猫化け婆のところへ向かった。

太い後ろ盾があるせいだろう、猫化け婆の住まいの生け垣の忍冬《すいかずら》はきちんと切り揃えられていて、咲き誇る金色の花は美しく、庭木の手入れも怠っておらず、門を入って続く石畳や灯籠《とうろう》の苔《こけ》も風情《ふぜい》があった。

信二郎の話では四十歳はゆうに越えているはずの猫化け婆は、やや吊り上がり気味の大きな目が猫に似てはいるものの、三十歳そこそこにしか見えない大年増《おおどしま》美人であった。

まずは信二郎がゆめ姫に備わっている夢力について話した。

猫化け婆は、姫をじろりとねめつけて、

「ふーん」

鼻で相づちを打っただけだったが、ゆめ姫は挫《くじ》けず、平吉の住まいについて、

「もしかしたら、死者になった平吉さんが大事なことを報《しら》せたいのかもしれないのです。自分の戻りを待っている大切な方が困っているとか――」

訴える口調で訊いた。

「ふーん、人ってえのはとかく欲深くて身勝手だから、そんなの、ありそうでない話なんじゃないかね、ちっ」

猫化け婆は不興そうに舌打ちした。

――困ったわ、わらわの苦手な相手――

「縄張りと仲間を持つ猫は、思いやる気持ちを持ち合わせていて、襲われている仲間を皆で助けることがあると聞いています。また、雌の親猫はたいそう仔猫《こねこ》想いです。強欲で自分さえよければいいという人は多いでしょうが、猫と同じように思いやりを持ち合わせている人もいるのではないでしょうか？」

すかさず藤尾が猫の習性について畳みかけ、

「そういや、口がついているかどうか、疑わしいほどしゃべらなかった平吉にうちの猫たちはなついてたっけ。猫は犬じゃないから、後を追いかけたりはしないんだけど、なぜか、

平吉だけには乳離れしたばかりの仔猫がよくついていこうとしてたね。心配した母猫があわてて連れ戻したこともあった」

猫化け婆の口が滑らかになった。

「ということは、ここからそうは遠くないところに平吉さんは住んでいたということですね」

藤尾は念を押した。

それほど遠出をしないのが猫であった。

「それから仔猫や母猫だけじゃなしに、雄猫たちも出かけていくようになって、平吉がわざわざ連れてきてくれることもあったね。餌には不自由させてないはずだから、それが目当てじゃあなかったと思うね。やっぱり、あの筒形の蚤取り道具で、狭いところが好きなあの子たちをいい気持ちにさせながら、綺麗さっぱり蚤を取ってくれてたあの平吉は、よほど猫に慕われてたってことかね？」

猫化け婆は猫のように目を細めた。

「平吉さんのところへ猫たちがよく通っていたのは春、夏、秋の霜が下りる前まででありませんか？」

ゆめ姫はあることに閃《ひらめ》いた。

――わらわが幼い頃、大奥に三毛猫を飼っている側室がいて、いなくなって大騒ぎになったことがあった。この時、浦路はまるで神様にでもなったかのように、その猫の居場所を突き止めたわ。ある木の近くで気持ちよさそうにしているその三毛猫を指さして、〝去年までは障りがなかったので放《ほう》っておきましたが、実をつけ始めたので、この木も今年は伐《き》らせなければ〟と言っていたわ。その蔓《つる》性の木はマタタビと言っていたわ。そして、その実を手にとって、〝人にはどちらかというと悪臭ですが、これが猫にはたまらなく魅惑的な香りなのですよ。このまま放っておいて種が落ち、お城の庭のそこらじゅうがマタタビだらけにでもなったら、お濠《ほり》を泳いで渡る猫さえ出てきかねず、どこからともなく猫が湧いて出てくるやもしれません〟と半ば思い過ごしで戦《おのの》いてもいたわ——

そこでゆめ姫は、

「仔猫が平吉さんについていったのは、優しさゆえだったとは思いますが、探しに行った母猫だけではなく、雄猫まで押しかけたのは、仔猫や母猫の身体《からだ》についていたマタタビの匂いゆえだったのではないかと思います」

きっぱりと言い切った。

「マタタビがこの市中にあるものかね？」

猫化け婆は首をかしげた。

「すぐ先の寄合町《よりあいちょう》の次郎太《じろうた》長屋の裏にならある。次郎太長屋は薬種問屋山幸《さんこう》が地主で、山に住んでいた初代の次郎太が神経痛や足腰の冷えによく効くマタタビを、棚に作ることを思いつき、ずっと受け継いできている。マタタビは人にとって美味なものではないし、酒や生薬の作り方は秘伝なので、この実を狙うものなど誰もいない。また、山幸では他の場所でも作ってはみたのだろうが、虫が寄生して虫こぶができ、薬効が増すこのマタタビには敵《かな》わなかったようだ。それがしたち役人は次郎太長屋をマタタビ長屋と呼んできた。それでは邪魔をした」

説明を終えた信二郎は、

「急ぎましょう」姫たちを促して、まっしぐらにマタタビ長屋へと向かった。

マタタビ長屋には平吉の恋女房お妙が臥《ふ》せっていた。

「帰らない亭主を待ってるうちに、夏風邪《なつかぜ》に罹って、熱が少し出たせいか食がなくなって、それでも食べないとお腹《なか》の子の育ちが悪いからって、あたしたちで交替でお粥《かゆ》や葛湯《くずゆ》を食べさせてたんだよ。ただ、亭主を想ってだろうけど、泣き出すと喉を通らなくなっちゃって、むせるし吐き出すしで、たいして身についちゃいないんだよ」

世話好きなおかみさんの一人がため息をついた。

早急に蔦屋に報されて、身重のお妙は実家《さと》である蔦屋へと戻された。蔦屋では同じように寝付いていた主がこれを聞いて起き上がり、娘の快復のために寝ずの番を続けたが、食欲の衰えたお妙は弱っていくばかりだった。

「これには何かまだあるような気がします。どうして、それがしまでもが金真桑の顔飾りを見せられたのか——。三右衛門が見た理由は、悪党だった手代が金になると踏んで平吉を拐かしをやってのけていたことでわかりました。あなたの場合は夢の力が引き寄せたのでしょう。ではそれがしは？　近く、密《ひそ》かにご禁制の近松を演るところがあったら、駆けつけて見てやろうと、与力らしからぬことを考えていたのは事実です。でも、それだけでは――」

信二郎は唸って腕組みをした。

そこでゆめ姫は念の為《ため》、川へ流さずにおいた自ら作った金真桑の顔飾りを、信二郎の片袖に舞い込んだもう一つと合わせ、しっかりと抱きしめて眠りについてみた。

夢の中で金真桑の飾りが幾つも幾つも踊っている。ただし、どれも形は丸長などではなく、丸長だった一つを、さんざんに破り千切ったもののようにさまざまな形をしている。

そしてそれぞれ目鼻口がついていて、ふふふ、ふふふと子どものように高い声で笑い続けながら、

〝俺たち一つだよね〟

〝そうだよ〟

〝当たり前さ〟

〝早く一つにしてよ〟

〝早く、早く〟

聞いていた姫が、

――そんなに願うのなら一つにしてあげたい。打ち出の小槌《こづち》があったら一振りしてさしあげたい――

と、思った刹那《せつな》、金真桑の破片が一つにまとまって丸長になった。

――ほんとうにこの顔なの？――

ふとそう思った時、金真桑が面に変わって裏に返った。

知らない顔ではあったが、ふっくらと頰が豊かで、観音菩薩《かんのんぼさつ》にも似た慈悲に満ちたまなざしの大年増が微笑《ほほえ》んでいた。

飛び起きたゆめ姫はこの姿を絵に描いて、すぐに信二郎に見せた。

「これは芝神明《しばしんめい》にある草紙屋吉祥《きっしょう》の女主人だ」

驚愕《きょうがく》した信二郎は方々手を尽くして調べ、この女主人お篠《しの》が本両替の主蔦屋仙左衛門《せんざえもん》とつきあいのあった芸者で、子を産むために一時江戸を離れていたことを突き止めた。

この話を聞いた蔦屋仙左衛門は、お篠の身が危なくなるほど両親が反対したこと、親に説き伏せられて迎えたお内儀の子として、引き取ったお妙を育てたこと、そのお内儀が流行病で早世した後は、相次いで両親が亡くなり、お篠を忘れがたくもあって、独り身を通したのだと涙ながらに話した。

お篠は晴れてお妙の母として名乗りを上げ、蔦屋の内儀に収まった。

ただし、金真桑の七夕飾りについては、仕入れたことも作ったことも無いと言い切った。

「平吉さんでしょう。平吉さんがお妙さんに寂しい思いをさせまいとして、思いついたことなのだと思います」

ゆめ姫の言葉に信二郎は深々と頷いた。

実の両親《ふたおや》の必死の看病にも拘わらず、お妙の食は細いままだった。妊婦であるから、案じられていたところ、ある日、

「お嬢様がどうしてもお目にかかりたいとおっしゃっています」

夢治療処に蔦屋から迎えの駕籠《かご》が来た。

母親のお篠に見守られているお妙は、マタタビ長屋で見つけた時とは別人のように頰に赤みがさしていた。

「お話というのは平吉さんのことなんです。あたし、やっとあの人に昨夜会えました。あの人ったら、〝駄目だよ〟ってそれだけ。あの人らしいでしょ? でも、あたしにはわかるんです、どうして駄目だか――。あたしね、おっかさんとこうして暮らしてて、もともとわがままだったのが、もっともっとわがままになっちゃって、お腹の子のために食べて、見苦しくお腹が突き出るのが嫌だななんて思えてきちゃって――。食が細いのはそのせい、自分で加減してたんですよ。でも、そんなことしてると、お腹の子がひもじくてちゃんと育たないのよね、平吉さんはそのことを案じてるんだと思う。だから、平吉さんに〝もう、大丈夫〟って言ってあげたいの。あたし、平吉さんとの元気な子を産むつもりでいます」

そう伝えたお妙は、八ツ時にと下働きが運んできた金真桑に手を伸ばし、

「これね、あたしが好きだって言ったら、あの人、高いのに無理して、自分は夕餉を食べずに買ってきてくれたの」

泣きながら貪《むさぼ》り食べた。

この夜、姫は光の道を前に躊躇《ちゅうちょ》している平吉に会った。

〝知らないところに行くのが怖い？　それとも寂しい？〟

ゆめ姫が訊くと、

〝寂しい〟

平吉は目を伏せたままでいた。

〝光の方をちゃんと見て。知っている人がいるはずよ〟

平吉はおずおずと目を上げて、

〝おっかさん〟

〝そう。愛情深いあなたの血はきっとお母さん譲りなのだと思う。この世にいた時は短かったけど、これからはずっと一緒、よかったわね〟

〝ん〟

姫は光へと進んでいく平吉の顔に初めて笑顔を見た。

ゆめ姫が見た瓶屋の土蔵は信二郎が見つけたが、平吉の骸はすでにそこには無く、骸が大川から上がったのは、助屋の手代が人心を惑わした罪で、捕縛された翌日のことであった。

平吉は蔦屋の婿として菩提寺にねんごろに弔われた。

この時信二郎は、

「相対死物を書く気が失《う》せました。書くことができるかどうかは別にして、強く結ばれて生きていく男女を書きたくなりました」

ふと洩らした。

第三話　ゆめ姫の虹のかけ橋

一

ゆめ姫と藤尾が住む夢治療処《ゆめちりようどころ》の裏庭には大きな銀杏《いちよう》の木が立っている。

ある朝、姫がその木の前を通ると、

——ゆめ殿、ゆめ殿——

なつかしい慶斉《よしなり》の声に呼び止められた。

御三卿《ごさんきよう》の一つである一橋《ひとつばし》家に生まれついた慶斉は、ゆめ姫の許婚《いいなずけ》であった。

徳川将軍家の分家である御三卿は、将軍家が跡継ぎに恵まれなかった場合、御三家に次いでその職を継ぐ栄誉を担っている。

父将軍の嫡子である、ゆめ姫の異母兄が次期将軍と見なされているが、四十歳を過ぎて重病を患い、現将軍の在位中に逝去してしまいかねないか、たとえその座についても治世は短いものと誰《だれ》もが目していた。異母兄にも多くの子女があるが、皆病弱であったり、夭《よう》折《せつ》している。

そんな事情で異母兄の次の将軍職は、生まれついて壮健で、学問にも秀でた才があり、世情にも通じ、おおらかな人柄が慕われている慶斉を推す向きが多くなっている。

この慶斉とゆめ姫が結ばれれば、徳川家始まって以来の徳川の血を引く御台所《みだいどころ》の誕生となる。武士の棟梁《とうりょう》としての権威をさらに誇るため、従来は御台所には京の姫御前が選ばれたが、財政難の折柄、援助を期待して、義母三津姫のように、臣下とはいえ富裕な大藩の息女に白羽の矢が立てられることもあった。

——わらわが御台所になっても、権威を高めることにはならないし、徳川の家の金蔵にはならないわ——

このところ、ゆめ姫は身辺が騒々しくなった慶斉と自分の前途に暗雲を感じていた。

——周囲が以前のようには慶斉様と楽しい時を作ってくれなくなっていたのも、わらわが市井に出てみたいと思った一因のような気がする——

ふと、大奥の花見の席で側室同士が口にした言葉が思い出された。共に四十歳近い姥桜《うばざくら》であった。

「慶斉様が上様の御養子になられるやもしれぬと聞きました」

「まあ、それではゆめ姫様とは兄妹《きょうだい》ではありませんか」

「お二人とも従兄妹《いとこ》ほどは濃くはないとはいえ、共に徳川の血を引かれていることですし、さらに兄妹ともなればもう、これは——。ずいぶんと昔のことですが、文昭院《ぶんしょういん》（六代将軍家宣）様の御台所であられた天英院様が又甥《またおい》と大叔母《おおおば》の間柄だからと、血縁などないのに、有徳院（八代将軍吉宗）様と竹姫様のご成婚に反対されたと伝えられていることもございますしね」

「婚約が破棄されるための密《ひそ》かな工作かもしれませんね」

「その一方、あえてこのお二人をご一緒にさせて、徳川の天下を強く強く示したいと思われている御重職方もおられるようです」

「この大奥にいる身のせいか、あのお似合いのお二人が結ばれるという、徳川だけの華が咲くことが念願になりました」

「それはまた見上げた忠義ですね」

「だって、もう、上様の夜伽《よとぎ》を務めさせていただいていた頃《ころ》は、遥《はる》か昔のことなのですもの。これで早世した我が子でも生きていれば、世継ぎになってほしいと目の色を変えるかもしれませんが――」

「それはわたくしも同じです。たしかに今はお若いお二人にこれ以上はないと思われる、大輪の艶《あで》やかな花を咲かせてほしいものですね」

「ところでこの件にあの浦路殿はどう関《かか》わっているのでしょうか？」

「流行病《はやりやまい》で亡くなった、仕えていたお菊の方様から、託されたも同然のゆめ姫様の先行きのことですもの。さぞかし、気を揉《も》んでいるに違いありません」

「それにしても、ゆめ姫様が御台所になられることについては、表には出てきていないもののの、賛否両論のようですよ。近頃ではお目見え以上の者たちでもしきりに噂《うわさ》をしています」

――そうだったわ、わらわが大奥を出たくなったのは、そんな息の詰まるような空気にも耐えられなかったからだった。ああ、でも、慶斉様もわらわと同じだったのかもしれない――

ゆめ姫は木の幹《みき》に目を据えた。

〝そこにいらしたのですね〟

〝まあ、今のところ、これしか、あなたのそばにいる手立てはないのです。今のわたしはおかしな顔でしょう？〟

木の幹に浮き出ているという事実さえなければ、秀でた眉《まゆ》とやや高めの形のよい鼻、小さめの顎《あご》の持ち主である慶斉はなかなかの美男であった。

〝そんなことはありません〟

――わらわのためにここまでしてくださるということは――

姫は急にそわそわしてきた。

――もしや、わらわへの想《おも》いの丈をお話しなさるおつもりでは？――

ああ、どうしようとゆめ姫は動悸《どうき》がしてきた。

――身分に縛られている身では、周囲の意向と関わりなく、二人だけで行く末を決めるなら、これはもう、駆け落ちしかないわ。駆け落ちの果ては近松のように道行きで心中？でも、心中は嫌。近松の世界は素敵だけれど、夢やお役目で目にする骸《むくろ》は少しも美しくないもの――

〝わたしには、どのような姿になっていても、是非ともあなたに聞いていただきたい話があるのです〟

慶斉は声を張った。

――やはり――

〝どうぞ、おっしゃってください〟

期待と不安を入り乱れさせつつ、覚悟をした姫は思わず目を閉じた。

〝ちょっと長い話になります〟

――長い話？　まさか、源氏物語の求愛の件《くだり》を朗々と恋歌をもそのままに諳《そら》んじるおつもりかしら？――

ところが、

〝あなたは石尊垢離取《せきそんこりとり》をご存じですか？〟

〝川垢離《かわごり》の一つで石尊、つまり大山詣《おおやままい》りをする者たちが参詣の旅に出る前に身を清めるために両国橋で行う水垢離のことでしょう？〟

姫が難なく答えられたのは藤尾から聞いていたからであった。

「大山参詣《さんけい》をする者たちだけではなく、疫病退散など、神仏への祈願の為《ため》、身の穢《けが》れを払う為に、胸元まで水に浸《つ》かり、藁《わら》しべを川に流して祈願するのです。川面《かわも》に投げた藁しべが流れると縁起がよく、流れずに止まっていると不吉だとされているようです」

藤尾は淀《よど》みなく話してくれた。

〝実はわたし、念願のこの石尊垢離取に加わったのです〟

〝まあ、慶斉様が？〟

〝石尊垢離取の唱文《しょうもん》は、――さんげさんげ、ろっこんざいしょう、おしめにはったい、金剛童子、大山大聖不動明王石尊大権現天狗《だいごんげんてんぐ》小天狗――なのですが、そのうちにわたしの耳におしめ、おしめとだけ繰り返し聞こえるようになりました。そして、〝あたしはお染《そめ》、あたしはお染、誰か応《こた》えて、あたしはお染なんだから――〟とさらにはっきり聞こえたのです。幼い少女の声のようでした〟

〝その子は姿を見せたのですか？〟

〝見せたかったのかもしれませんが、わたしでは見ることなどできはしません〟

〝それで、こうしてわらわに？〟

〝あなたをおいて、他に頼める者などおりません。どうか、よろしくお願いします〟

そう呟《つぶや》いて木の幹に浮かんだ慶斉はその顔を消した。

――幼女の魂が訴える窮状が、わらわとのことよりいたく気になっておられたのだわ。それなのに、わらわったら、いったい何を勘違いしていたのかしら、もう、恥ずかしいっ
――

思わずゆめ姫が両の袖で顔を被《おお》った時、

「姫様、姫様」

藤尾が裏庭にやってきた。

「駄目、駄目でございます。そんなことをなさっては、極上の夏着が汗にまみれてしまいます。七夕《たなばた》を過ぎたというのに、今日は、じっとしていても、顔から汗が噴き出るほど暑いですけれど、この藤尾が涼しくなるお話をお知らせにまいりました」

「昼間から怪談はご免です」

ゆめ姫はややむっつりした口調で応えた。

「あちらをご覧ください」

藤尾は右隣りの家を指さした。

「あちらが何か?」

「そもそも姫様は木立や茂みがお好きでしょう？　こちらはこの裏手に銀杏の木一本だけ、かねてからご不満でしたよね」

「ええ、まあ――」

もっともゆめ姫は無理を言っての市井《しせい》住まいなので、これも仕方がないことだと諦《あきら》めてはいた。

庭木のことは藤尾を相手につい口から出た愚痴に過ぎなかった。

「あちらはこちらよりも木々や茂みが多く、お好きな禅寺《ぜんじ》丸柿《まるがき》の木も目ざとく見つけられて、どうして、こちらは日当たりばかりよくて、夏がこれほど暑い上に、秋の口福ともなる柿の木がないのかと言っておいででした。そこでわたくしがお隣りさんと話をして、お隣りを買い上げることにいたしたのです。これで冬はこちらで、夏はあちらで過ごすことができます」

ちなみにふっくらと丸みを帯びた禅寺丸柿は、王禅寺《おうぜんじ》（現、神奈川県川崎市）の山中で自生していたという日本最古の甘柿であり、多くの人たちに親しまれていた。もちろん藤尾も姫と共に大好物であった。

「今の時季、茂みや木立が多いのは涼がとれてうれしいけれど、そんな勝手をしてはお隣りの方に申しわけないわ」

内情を知らない姫は困惑顔になった。

二

「そんなことはございません、向こう様は喜んでおいででした」

ゆめ姫は気づいていないが、姫が暮らしている家の両三軒と向かい側七軒も側用人《そばようにん》池本方忠の命により、警固の者たちが市井の者を装って暮らしていた。

——将軍家の姫ともなれば、市井にいるだけでお命が狙《ねら》われる。それで姫様の今のお住まいに茂みや木立を植えないようにして、お命を狙う者たちに潜《ひそ》まれにくいようにとの深慮からだったのだけれど——

藤尾が収まる気配のない今年の暑さについて訴えた時、

「一つを立てれば、もう一つが立たぬ。そうであった、迂闊《うかつ》であった。昨年、あそこに居を構えていただいたのは今頃、暑さが一段落した七夕の頃であったので気がつかなんだ。今年はさぞ難儀なされたであろう。しかも今年は例年になく暑さが続いておる。姫様のお身体《からだ》に障りがあってはならぬゆえ、暑い時季に限って隣りで暮らすように――」

相手は顔だけではなく、白髪頭からも本物の湯気を上げて汗を滴らせていた。

「お隣りはどんなお方なのです？」

姫は気になっている。

――姿はまだ見たことがないけれど、家族で住まわれていたのかもしれない――

「大丈夫ですよ、手習いの師匠をしている独り身の浪人者でしたから。無理をきいてくれた御礼《おれい》をしたら、これで手習い所から近いところに住めるとうれしそうでした」

――実はその者は柳生《やぎゅう》筋の手練《てだ》れと聞いているのだけれど――

「そう、それはよかったわ」

「それでは早速、避暑引っ越しをいたしましょう」

「避暑引っ越し？」

「暑い間だけ、涼しいあちらで暮らすのです。〝夢治療処〟の木札とそこそこ身の回りの物だけを持って移ればよろしいのです」

こうして二人は数回、行ったり来たりするだけの引っ越しをした。

「おや、池があるのですね」

姫は歓声を上げた。

――池も忍びが潜みやすいからと御法度《ごはっと》だった。ここは涼しいけれど不安もついてまわるのよね――

藤尾は不安な思いで池と言わず木立や茂みをしげしげと眺めていたが、一方のゆめ姫は、楽しそうに、

「藤尾、見てたでしょう?」

小さな青蛙《あおがえる》が池と近くの草むらを行き来している様に目を凝らしていた。

「水の中でも外でも暮らせる蛙にわらわもなってみたいものだわ」

――泳ぎができる慶斉様はもう、蛙みたいなものなのだし――

いつしか、蛙への憧《あこが》れが慶斉への想いにつながっていた。

この時であった。

ゆめ姫は光が針のような鋭さで自分の両目を射たかのように感じた。

「ああっ」

思わず屈《かが》み込んで両手で目を押さえると、瞑《つぶ》った目の中に束《つか》の間《ま》、白昼夢が広がった。

藻《も》で青緑色の池の水が中央から盛り上がって溢《あふ》れてきた。姫が呑《の》み込まれそうになった時、幼子の背丈ほどで止まり、おたばこぼんがやっと結えるようになった七、八歳の少女が池の中に立っていた。

〝あたしは染〟

〝知っていますよ〟

〝どうして、あたしの名を？〟

〝知り合いが石尊垢離取であなたに会ったの〟

〝あそこにまで行けば、誰か気がついてくれると思ったの。でも、あの人、親切だったけどいっこうにここへ来てはくれなくて〟

〝自分からあなたのところへ来ることのできる人は少ないのです〟

〝あなたはその少ない人なのね〟

〝ええ〟

〝それでもお願い、ここに住まないで〟

突然お染が白目を剝《む》いた。

〝まだ、自分がここに住んでいると思っているのですね〟

〝当たり前でしょ〟

お染は大人びた口調でゆめ姫の手を取った。

玄関戸を開けて家の中へと入って座敷へと上がって行く。

〝腕利きの入れ歯師だったおとっつぁんとおっかさんに兄ちゃん、四人で楽しく暮らしてたの〟

入れ歯は高価であり入れ歯師の暮らしはそこそこ豊かであった。

お染が微笑《ほほえ》むと、ぼーっと霞《かす》みがかかった中に、招き猫を背にして、夫婦らしき男女の姿が浮かび上がった。招き猫は金運や客を招くとされる縁起物である。

二人とも南無阿弥陀仏《なむあみだぶつ》と唱え続けていて、閉じた目からは涙が筋になって流れていた。

――この方たちがお染ちゃんの御両親？――

〝娘を亡くした後、相次いでわたしたちも流行病で死にました。でも、娘に――〟

男の言葉から、

――やはり、この方が入れ歯師をしていたというお染ちゃんのお父様で、そちらがお母様なのだわ――

姫は確信した。

〝普通、親子はあの世で会うことができるものですけれど――〟

姫が頭をかしげると、

〝わたしたちもそう信じて、あの世の果てから果てまでお染を探しました。でも、あの娘《こ》はいなくて――。どういうわけか、こうして話しかけてもあの娘には聞こえない、姿も見えないみたいなんです〟

母親の目から涙がはらはらと流れ落ちた。

〝いつまでもこの家に留《とど》まっていては可哀想《かわいそう》ですし、何とかしたいと――。でも、わたしたちにできるのは経を唱えることぐらいで――〟

父親の声はさらに湿った。

〝ここにあなたのお父様とお母様がいらしているのよ。あなたのために話しかけたり、懸命にお経を上げてくださってもいる――、わかってあげて〟

ゆめ姫は諭すように話しかけたが、

〝そんなの知らないし、見えない。四人じゃないんだもん、四人じゃなきゃ、あたしの家族じゃない。ここはあたしの家だけど、家族はもういない〟

お染は白目だけではなく歯まで剝き出してみせた。

ゆめ姫の白昼夢に気づいた藤尾は、

「お疲れですね」

縁先から声をかけ、麦湯を勧めた。

姫は慶斉が石尊垢離取に加わっていたことには触れずにお染の話をして、

「何とか、成仏《じょうぶつ》できない苦しみから解き放って差し上げないと――」

思わず洩《も》らすと、

「お気持ちはわかりますが、子どもは大人と違って、理由《わけ》がなくても、成仏できないことがあると亡くなった祖母から聞いています。

わたくしの祖母は不思議な人で、もちろん、姫様の足元には及びませんが、少しばかり、霊に近づけて、とりわけ子どもの霊に好かれたんです。

祖母によれば、子どもには疳《かん》の虫とか、ひきつけとかの大人と異なる病があって、それで、とかく、その手の病に罹《かか》りやすい、気の細かい子が成仏できずに、意味もなく浮遊するのだとか――。だから、あの世で両親《ふたおや》が供養し続けているというのに、撥《は》ね付けている親の心、子知らずの我《わ》が儘《まま》な女の子の霊には、くれぐれもお気をつけくださいませ。理由もなしに成仏しようとしない子どもの霊は小鬼になって、誰かれなく世の中に悪さを働くと聞いたことがありますから。わたくしはもうこれ以上、相手になさらない方がいいと思います」

藤尾は眉を寄せて、

――やれやれ、もう早速、池や木立、茂みは霊の潜みやすい場所で、姫様が引き寄せられるのだとも言えるわ。こんなことなら、涼しさや禅寺丸柿には目を瞑って、この家に引っ越してこなければよかった。それに何となく陰気な家、嫌な感じ――

すでにもう後悔していた。

――それでも石尊垢離取の慶斉様に話し掛けた上、わらわの前では、怒って白目を見せるほど、追い詰められているお染ちゃんのことが気に掛かるわ。藤尾のお祖母《ばあ》様のおっしゃる通り、子どもが小鬼になることがあるのだとしたら、よほどの苦しみ、悲しみのせいに違いない――

ゆめ姫には一瞬、お染の白目が眉とこめかみに広がって額から角が伸び、白髪の小鬼と化していく様が見えた。

この時であった。

空はからりと晴れているというのに、突然、縁先の手水鉢《ちょうずばち》から水が溢れ出し、さらに勢いがついて天に向かって水が噴き出していく。

「きゃあぁ」

藤尾は腰を抜かしたが、立ち上がったゆめ姫は髪や着物が濡《ぬ》れるのも厭《いと》わずに、

〝駄目よ、自分や自分の家をけなされて腹が立ったんでしょうけど、こんなくだらない悪さをしては。わたくしは、あなたがここを離れないのは、ちゃんと理由あってのことだと思います。信じています。ですから、わたくしはあなたが小鬼になるなんて思ってもいません。わたくしが味方だってこと、どうか忘れないで――〟

心の中でお染に話しかけた。ほどなく、手水鉢から水が噴き出ることはぴたりと止まった。

勝手口のある厨《くりや》から瀬戸物の割れる音が聞こえた。

「先ほど、水が噴き出した時、裏木戸の音がしたのに気がつかなかったのですか？　誰かが、裏木戸から家の中に入ったのですよ」

姫は藤尾を促して厨へと急いだ。

厨の土間に木《こ》っ端《ぱ》微《み》塵《じん》に割れている招き猫の置物があった。

ゆめ姫は白昼夢で招き猫が見えた座敷に向けて土間から続いている、大人にしてはやや小さめの下駄の跡を目で追って、

――目的は招き猫だったのね――

「入ってきたのはたぶん、女の人か、十歳ほどの男の子ではないかしら？」

同意を求めたが、

「わ、わたくしは、も、もう、お、恐ろしくて――こ、子どものし、忍び？　そ、それと

も、くくのいち？　い、いいえ、そ、そんなことがあっては――」

しどろもどろの藤尾は土間にへたり込んでしまった。

「いいえ、やっぱり思っていたように男の子――」

足跡を辿《たど》って裏木戸へと走ったゆめ姫は、相手が落としていった独楽《こま》を手にして戻ってくると、にっこりと笑った。

三

この後、幾らか落ち着いてきた藤尾は、

「拐《かどわ》かした子どもを使った極悪非道な物盗《ものと》りの話も祖母から聞きました。この家にはもとより、金目のものは一切ありませんから、子どもゆえに咄嗟《とっさ》に目立つ招き猫を盗ろうとしたのかも――」

自分なりの辻褄《つじつま》を合わせたが、お染を含む四人家族の団欒《だんらん》の様子が、ぱっと脳裡《のうり》を掠《かす》めたゆめ姫は、

――この家の招き猫に惹《ひ》かれたのは、偶然ではないような気がするのだけれど――

確信に近い思いを抱きつつ眠りに就いた。

姫は夢の中で、

〝お染ちゃんのお兄さんは生きておいでですよね、今、どうしていらっしゃるか御存じではありませんか？〟

お染をしきりに案じて念仏を唱えている両親に訊《き》いた。

しばらく二人は無言でいた。

〝あんた――〟

たまらずに母親の方が口火を切って、

〝いいから、おまえは黙ってろ〟

父親は鋭く窘《たしな》めて念仏を続ける。

〝お染ちゃんは家族四人でここで暮らした思い出をとても大切にしています。できればあの時に戻りたいとさえ思い詰めているのです。お兄さんのことをお話しいただかないとお染ちゃんは成仏できないと思います。お二人はそれでいいのですか？〟

やや強い口調でゆめ姫は言い放った。

〝あなた、定吉《さだきち》のことをお話しして――〟

〝そうだな〟

頷《うなず》いた父親は姫の方に向き直ると、

〝定吉はわたしたちの大事な跡取りでした。いずれはわたしの仕事を継がせたいものだと、厳しく躾《しつ》けて育てました。厳しくしたのは、入れ歯をお頼みになるお客様は、たいていが身分や名があったり、旦那《だんな》様と呼ばれて多くの奉公人たちにかしずかれている富裕な方々だったからです。入れ歯師には技だけではなく、こうした方々への敬いと礼儀が何より大切なのです。大事なお口の中に触れさせていただくお客様方の信頼を得るには、お客様方は自分より遥か上に居られることを片時も忘れてはならないのです〟

きっぱりと言い切った。

すると母親は、

〝それはあなたの流儀でしょ。口をいじるのは急所を責めるのと同じで、相手はなすがまま、入れ歯師はどんな偉いお客さんが相手でも腕の良さだけで勝負。入れ歯が昔より多く作られるようになった昨今は、相手の機嫌などとらない同業の人たちが増えてるはずよ〟

つっけんどんに言い放った。

姫は今にも父親が怒鳴り出すのではないかと懸念したが、反対にがっくりと首を垂れてしまった。

〝あなたがあそこまで定吉に厳しくしなければ、あの子も家を出て行ったりはしなかったでしょうに〟

母親は恨みがましい顔になり、

〝そうかもしれないな〟

父親は項垂《うなだ》れ続けている。

〝お二人は定吉さんが修業の辛《つら》さを苦にして出て行ったとお思いなのですね〟

ゆめ姫が念を押すと、

〝それとお染があんなことになったのとも関わりがあるかもな〟

父親がふと呟くように言い、

〝あの子は、可愛《かわい》がっていた妹が死んでしまって寂しかったこともあるのでしょう〟

母親はまた泣き声になった。

〝すると定吉さんはお染ちゃんの亡くなった時は、この家に居たんですね〟

〝お染が家の裏の井戸に落ちて死んだのは八年前、定吉が出てったのは五年前だ。お染はどうしても女の子が欲しいっていう、こいつの頼みで拵《こしら》えた子なもんだから、定吉とは年齢《とし》が離れてましてね〟

――お染ちゃんは井戸に落ちて亡くなったのね、それで手水鉢の水を溢れさせたりと悪さをするんだわ――

得心したゆめ姫は、

〝お染ちゃんが大変な目に遭《あ》っていた時、定吉さんはどこに？〟

訊かずにはいられなかった。

〝柿《かき》の木の下で気を失ってました〟

母親が応えた。

――そこへ行ってみましょう――

念じると、ゆめ姫は裏手にある井戸の前に立っていた。

井戸の後ろには大きな柿の木が青々とした葉を茂らせている。

〝定吉さんが気を失っていたのはどこですか？〟

姫が訊くと、ついてきていた両親は共に柿の木の真下を指差した。

〝時季はいつ頃？〟

〝毎年甘柿がたわわに実る秋でした〟

〝お子さんたちは柿が好きでしたでしょう？〟

〝歯触りや風味がよくて何より甘い柿の実は、子どもたちの、かっこうのお八つになりました〟

目を細めた母親が思い出して、ゆめ姫にはもぎたての柿にかぶりつく兄妹の姿が見えた。

〝柿の木に登って、実をもぐのはお父様のお役目でしたのでしょう？〟

姫の目には柿の木の上にいる父親が映った。

〝柿は高い場所に実をつけますから〟

そばにいた父親が柿の木の上の自分を指差して頷いた。

〝子どもたちだけで柿の木に登るようなことは？〟

井戸の縁から後ろの柿の木に飛び移れるのではないかとゆめ姫は目測した。

〝うちの人もあたしも、間違っても、そんな危ないことだけはしてはいけないと、始終、厳しく言ってました〟

母親が神妙な顔で何度も首を横に振った。

――とはいえ、いけないと言われるとますます、やってみたくなるのがこの手のことなのよね――

姫は浦路に叱《しか》られながらも、こっそり、城の庭にある柿の木に登っていたことを思い出した。

――幸い、お城の柿の木の近くには飛び移れる井戸などなくて、登るのは苦労でも、落ちることもなかったけれど――

目を閉じると、柿の木相手に奮戦している兄妹が見えてきた。

〝つやつやの橙色《だいだいいろ》で美味《おい》しい、美味しい柿の実。兄ちゃん、あたし、もっと柿を食べたい〟

お染がねだると、

〝よし、見てろよ、いつものように取ってやるからな〟

定吉はひょいと井戸の縁《へり》に飛び乗り、太そうに見える柿の木の枝にぶらさがった。幹にまで移動して、上へ上へと登り、順調に実のなっている枝近くに行き、手を伸ばしたが届かない。定吉は少し迷ったが、意を決して、枝に移った。と同時にみしっと音をたて、枝が折れかけた。

〝兄ちゃん、危ないっ〟

この時、咄嗟にお染が定吉を真似《まね》て井戸の縁に立った。

〝や、止《や》めとけ〟

気がついた定吉が止めたが、

〝あたしもやってみたかったんだよね、こういうの。大丈夫、今、あたしが助けに行くから〟

お染は井戸の縁から柿の木へと飛んだ。いや、一瞬そう見えただけで、縁から足を踏み外したお染はきゃあああっと悲鳴を上げて、井戸の底へと真っ逆さまに落ちて行った。ほとんど同時にどさりと音がして、定吉は井戸と反対側の枯れ草の繁《しげ》みの上に落ちた。うつぶせになったまま動かない――。

この経緯《いきさつ》を姫は両親に話して聞かせた。

〝あなたの厳しさのせいじゃなかったんだね〟

妻の言葉に、

〝いいや、やっぱり俺のせいだよ。何でお染が井戸の縁に上るのを止めないで、おまえ一人、暢気《のんき》に昼寝なんてしてたのかと言って叱ったんだから。あの時、定吉は、この上、柿の木に登っていたなんていう本当のことを話したら、どんなに叱られるかわからないと思って黙ってて、だんだん口数も減って、飯のお代わりをしなくなって、おまえの話じゃ、夜もごそごそよく寝つかれない様子になって、とうとう家を出てったんだから〟

夫は強く首を横に振った。

〝定吉はお染があんな死に方をしたのは、全部自分のせいだって、自分を責めに責めていたんでしょうね。可哀想に。あたしも実は心のどこかで、可愛いお染があんなことになったのは、定吉がしっかり妹を見てなかったからだって思ってましたよ。二人ともお腹《なか》を痛めた自分の子ですもの、死んだのが跡取りの定吉じゃなくてよかったなんて、とても思えなくて。だから、日に日に元気がなくなっていく定吉に声は掛けなかった。悲しい話を蒸し返したくもなかったんです。忘れよう忘れようとしてました。でも、あの子は決して忘れなかったんですね〟

母親は柿の木を見上げて悔恨のため息をついた。

〝この先、どうしたらいいものか――〟

父親はすがるような目を姫に向けてきた。

〝二人と、まずはお染ちゃんと話ができればよいのですが――。お染ちゃん、お染ちゃん、どこにいるの？〟

ゆめ姫は呼びかけながら辺りを見回したが、お染の姿はどこにもなかった。

四

翌日昼前に信二郎が訪れた。

「何でも、とびきり涼しくて美味しい昼餉《ひるげ》をお作りになって、ご馳走《ちそう》してくださるそうですよ」

藤尾がうれしそうに告げ、

「それは楽しみですね」

ゆめ姫は厨へと向かった。

厨で顔を合わせた信二郎は、

「門札が移されていたので助かりました。いつのまにか、隣りにも家をお持ちになったとは知りませんでしたから。たしかにここは涼しくてよいところですね。暑さ凌《しの》ぎにはうってつけです」

挨拶《あいさつ》代わりに家についての感想を洩らした。

「なにぶん、暑い時季だけの家なので、お知らせもせず失礼いたしました」

姫の方は詫《わ》びの挨拶を返して、

「ところで、どんな趣向のお料理なのでしょう？」

料理の方へ話題を転じた。

訊かれた信二郎は、

「なに、汁かけ飯ですよ。ただし、味噌《みそ》料理の一種とも言える、西国で有名なあの冷や汁よりもさっぱりと食べられます」

ちなみに暑い時季ならではの冷や汁にはかけ汁に味噌が使われる。

まずは当たり鉢にいりこ（煮干し）か焼いてほぐした鰺《あじ》等の魚と、炒《い》った胡麻《ごま》と麦みそを入れて、よく当たった後、当たり鉢の内側に薄く伸ばし、直火で軽く焦げ目が付くまで香ばしく焼く。

この後、冷やした出汁《だし》を当たり鉢に注ぎ、内側の香ばしく焼いた味噌を、中に落としてよく混ぜる。最後にちぎった豆腐、輪切りの胡瓜《きゆうり》、千切りの青紫蘇《あおじそ》、茗荷《みようが》などを混ぜて井戸で冷やしておく。

その冷えた汁をあつあつの飯にかけて食べる。

「それに味噌を当たり鉢に焼き付けて、風味を出さなければならない冷や汁よりずっと簡単です」

信二郎は手にしてきた鍋を藤尾に渡して、

「これは役宅《うち》で冷やしてきた出汁ですが、持ってくる間に温まってしまっているかもしれませんから、念の為、ここの井戸で冷やしておいてください」

「かしこまりました」

藤尾は早速、受け取って井戸のある裏庭へと行こうとした。

――ああ、でも、今まで何も井戸では起こらなかったとしても、あの井戸はお染ちゃんが命を落としたところだし――

ゆめ姫はまだ藤尾に昨夜の夢の話をしていなかった。

「ご苦労ですけれど、井戸から冷たい水を汲《く》んできて大盥《おおだらい》いっぱいにして、信二郎様の出汁を冷やしてください」

姫が頼むと、

「たしかにその方が早く冷えるかもしれませんね。大盥の井戸水がぬるくなったら、また汲みなおして入れ替えればよろしいのですから」

藤尾はなるほどと頷き、

「汁かけ飯のいいところは、とにかく早く美味《うま》く出来上がる点です。大盥の水を取り替えなければならないほど長くはかかりません」

信二郎は屈託なく笑い、俎板《まないた》を前にして包丁を手にした。

「朝、豆腐を買いに出て、知った顔の魚屋が重そうに天秤棒《てんびんぼう》を担いでいるところに行き合いました。揚がったばかりの傷《いた》みやすい烏賊《いか》が売れ残るのではないかと、立ち止まってため息をついていて、ぱっと思いついたのがこの料理でした」

信二郎は俎板に烏賊を置くと皮を剝《は》ぎ、まずは墨袋や臓物を取り除き、足と胴体等を切り分けるなどの下処理をした。

「まあ、たいしたお手並みでございますね」

藤尾とともに見守っていた姫は目を丸くした。

「独り暮らしが長いですからね。煮炊きが嫌いではない男にとっては、独り身も悪くないものですよ」

次に信二郎は烏賊の胴体を素麵《そうめん》のように均等に切り揃《そろ》えると、酒、味醂《みりん》、醬油《しょうゆ》で和《あ》えた。

「飯はありますか？」

「あいにく朝餉のものがお櫃《ひつ》にあるだけです。急ぎ炊《た》きませんと――」

姫が焦ると、

「それにはおよびません。これの飯は余った冷や飯で充分なのです」

信二郎は櫃にあった冷や飯を笊《ざる》に入れて水洗いし、滑《ぬめ》りを取り除いた。

これと烏賊を丼《どんぶり》に取り、

「薬味は好みですけど、それがしは欲張っていろいろ入れます」

刻んだ葱《ねぎ》と青紫蘇、酢漬けにして千切りにした生姜《しょうが》、炒《い》り胡麻《ごま》を上に載せ、冷やした出汁をたっぷりとかけて仕上げた。

「さあ、どうぞ」

信二郎に勧められて箸《はし》を取った二人は、休みなく食べ続けた後、

「生烏賊の味が深いわ。烏賊ってとかく煮てしまうと味が単調なものでしょう？」

「わたくしもこんなに烏賊が美味しいものだとは思っていませんでした。素麺風の烏賊刺しを醬油と山葵《わさび》でいただくよりも、出汁や薬味と相俟《あいま》ってずーっと素晴らしいお味ですよ」

ほーっとため息をついて箸を置いた。

「そこまで褒《ほ》められると烏賊も少々、恥ずかしくなって身の置き所がなくなるかもしれませんよ」

信二郎は笑って先を続けた。

「出汁や薬味はそのままで、梅肉やいりこ、茄子《なす》や胡瓜のぬか漬け、蛤《はまぐり》のしぐれ煮、鯛《たい》の刺身、それに豆腐なども、この汁かけ飯に合うのではないかと思います。それとこれの肝は何と言っても出汁の冷たさです。出汁が冷たくないとどんなに具に凝っても、美味いとは感じないはずですから。今回烏賊を立役者にしたのは井戸の水ですよ」

これを聞いたゆめ姫は、

――もしや、大盥から水が溢れるんじゃないかと案じたけれど、お染ちゃん、井戸や井

戸水で悪さはしなかった――。手水鉢と同じことがあったら大変なことになっていたはず。美味しい昼餉を食べさせてくれてありがとう、お染ちゃん――

姿を見せないお染に向かって心の中で礼を言った。

昼餉の〆《しめ》は夢治療処ならではの冷やし小豆《あずき》寒天が供され、

「汁かけ飯もこれには負けました。涼しさに甘さが加われば鬼に金棒ですね」

信二郎を感激させることができた。

「何かお話がおありではないのですか？」

座敷で向かい合っていた姫はゆっくりと麦湯を啜《すす》っている信二郎に問い掛けた。

「ええ、まあ」

「奉行所のお仕事？」

「そうとも言えないこともないのですが――」

信二郎は首を斜めに傾けた。

「わたくしでお役に立つかどうかは、わかりませんが、お話しください」

姫が促すと、

「目白下の大洗堰《おおあらいぜき》を御存じですか？」

「広く売られている大江戸案内の冊子の中で、風光明媚《ふうこうめいび》な名所として載っている所ですよね。たしか、ここから神田上水に取水するとか――」

これはもちろん藤尾からの請け売りである。

「その堰から下流、人々がどんどん橋と呼んでいる船河原橋《ふなかわら》までを江戸川と言っていますが、その間にある中の橋の前後五町（五百五十メートル）ほどの間は御止川《おとめ》といって町民は川に入れません」

「何故ですか？」

「江戸一の鯉《こい》が獲《と》れるので、釣りや泳ぎが禁じられているのです。見張り番もいます」

「まあ」

――父上様ったら、本当にあきれるわ――

「でも、石切橋《いしきり》あたりでは獲っても大目に見てもらえるので、皆、釣りをしたり、暑い時季には泳いだりしています。中には夜泳ぎをしている輩《やから》もいます」

「それはよかったです」

「何事もなければ、あなたのおっしゃる通りだと思います」

「何か悪いことがあったのですか？」

「少なくとも、それがしはこれを大変な凶事、もしくは大凶事が起きる前触れだと直感しています」

「くわしくお話しください」

「二日前の夜のことでした。数人の仲間と泳いでいた廻船《かいせん》問屋和泉屋《いずみや》の手代、恒吉《こうきち》が溺《おぼ》れたのです。泳ぎの達者な恒吉はすいすいと泳いで向こう岸に向かおうとしていたそうです。流れも常のように穏やかでした。ところが、突然、恒吉が溺れました。隣りで並んで泳いでいた者の話によれば、何度も力を振り絞って、頭を水の上に出した恒吉は、〝足を放せ、足を放せ、放してくれ〟と叫びながら沈んで行き、驚いて恐ろしくなった仲間たちはすぐに川を出て四散したのだそうです。翌朝、恒吉は土左衛門《どざえもん》になって川辺に打ち上げられました」

信二郎の話を聞いて、ゆめ姫が目を閉じると、溺れかけていた時の恒吉が見えた。断末魔の表情で足を放せとしきりに叫んでいる。

五

信二郎は先を続けた。

「変事は恒吉の身に起こったことだけではなかったのです。何と、打ち上げられた恒吉の周囲には数知れない川魚もまた、白い腹を見せて死んでいました。奉行所ではすぐに川に毒がまかれたのではないかと疑い、まずは犬と猫にこの魚を食べさせてみましたが、何事も起きませんでした。とはいえ、犬や猫と人とは異なるので、これだけでは人に害がないとは言い切れません。そこで小伝馬町《こてんまちょう》から食い逃げばかりしている上、かっぱらいで捕らえられていた大男が連れてこられました。こやつは常から、いもりやもりが好物だという悪食《あくじき》好きを自慢にしていたので、試させることにしたのです。無事であれば、お解き放ちにするという恩典付きでした」

「いくら罪人でもそれは酷《ひど》すぎるわ」

姫は青ざめた。

「当初、こやつにも異変はありませんでした。それで約束通り、お解き放ちになったのですが、その翌日、死んでいるのが見つかったのです」

「死の因《もと》は？」

「土左衛門のように全身が膨れ上がっていましたが、見つかったのは川から遠く離れた神田明神下の通りです。奉行所の役人に呼ばれた医者は、特異な暑さ負け、暑気中《しょきあた》りだろうと洩《も》らして逃げるように帰って行きました」

「つまり、恒吉さんによく似た死に方だったのですね」

「その通りです」

「もちろん、奉行所はこの一件を調べ続けているのでしょう？」

「医者の診立《みた》てで、悪食好きの大男が毒のせいで死んだのではないとわかると、打ち上げられていた魚は無害、川に毒を入れた奴はいなかったと見なされて、この件の調べは打ち切りになったのです。それがしには泳ぎが達者だった恒吉の溺死《できし》、大男の暑気中りとはほど遠い死に様は全く合点がいきません」

「山崎《やまざき》様はどのようにお考えなのでしょう？」

定町廻《じょうまちまわ》り同心の山崎正重《まさしげ》と信二郎は身分は違うが、日本橋南にある坂下《さかした》道場の同門で、竹馬の友でもあった。

「たとえ、それがし同様、この事件に不審を感じたとしても、他の定町廻りの手前、探索することはできないのです。盂蘭盆《うらぼん》の頃に起きるこの手の事件は総じて、河童禍《かっぱか》と言われてきているので」

「河童禍とは？」

「ところで河童を見たことは？」

「ございません」

ちなみに古くから伝えられてきた河童とは、子供に似た体格で頭頂部に皿があり、短い嘴《くちばし》を持ち、背中には亀《かめ》のような甲羅《こうら》が、手足には水掻《みずか》きがある。

水辺を通りかかったり、泳いだりしている人を水中に引き込み、溺れさせたりするのは、人の肛門《こうもん》内にある尻子玉《しりこだま》（架空の臓器、または胃や腸、胆）が狙いだとされてきた。

この謂《い》われは溺死者の肛門括約筋の緩んだ様子が、あたかも尻から何かを抜かれたように見えたことに由来するようである。

「それがしもありません。他の者たちもきっとそうでしょう。けれども、遥か昔から河童は水辺に住んでいて、人に悪さを働くと信じられてきましたよね。それで、この時季に起きる水場での事件はすべて、住《す》み処《か》を荒らされて怒った河童のせいだとされています。あるいは怒りが掻き立てられると、ますます人の尻子玉が食べたくなるからだとも――。ようは河童禍の一言で片付けてしまうのです」

「恒吉さんはそのようにこじつけられたとしても、打ち上げられた魚を食べた大男の死まで河童が関わっているとは思えませんが――」

「それがしも大男は牢《ろう》でよく起きる作造《さづく》り（私刑）のように、水で濡らした紙を使って息を止められたのではないかと疑いました。しかし、それでは膨れ上がった骸の説明がつきません」

信二郎は首をかしげ、

「どこかの屋敷の池で溺れさせられて、あそこに運ばれたのかもしれませんね。でも、以前、ものの本で読んだことがありますが、膨れ上がった骸になるまでには時がかかりますから、亡くなったのが、お解き放ちになった日かその翌日というのも納得がいきませんね」

姫もそれに倣《なら》った。

「その点の摩訶不思議《まかふしぎ》さも、また、やはり河童だからこそだということになってしまうのです。河童が魚を操ってやったことだと——。奉行所では、筆頭与力様までが、これはもう、河童の祟《たた》りだと顔色を変えて、〝早くこの厄介な季節が終わりますように、くわばら、くわばら〟と神仏に手を合わせている始末です。もちろん、江戸川の夜泳ぎに集まる者たちはいなくなりました」

「そして、人が二人も亡くなっているこの件の追及はもう決してされないと？」

「おそらく」

信二郎は無念そうに目を伏せた。

「それでわたくしなのですね。でも、このわたくしにいったい何ができましょう？」

ゆめ姫は困惑気味に訊いた。

「それがしは判で押したように、河童禍や祟りを持ち出して終わらせるのに、得心がいかないのです。かと言って、この不思議な事件を図ったのが、どこの誰とわかる生きている人だとも思えません」

信二郎は言い切り、

「まあ、これを人の霊の仕業だと思っておいでなのですね」

一瞬姫は狼狽《ろうばい》した。

――もしや、お染ちゃんが――。いいえ、そんなことは決してあり得ない。こんな酷い所業を、あのお染ちゃんができるはずはないわ――

「いつもの苦しい時の神頼みならぬ、ゆめ殿頼みではあるのですが――」

信二郎はまた目を伏せた。

「わかりました、今宵《こよい》は大江戸隠れ名所案内の挿絵で見た江戸川で泳ぐ、殿方たちの様子を思い浮かべながら眠りについてみましょう」

そう約束しつつ、ゆめ姫は頰《ほお》を赤らめた。

――だって、藤尾に見せてもらった大江戸隠れ名所案内の挿絵ではあの方々はどなたも下帯姿で描かれていたのだもの――

ところが、夢に出て来たのは元の家の裏庭だった。

〝ゆめ殿、わたしです〟

大銀杏の木が口をきいた。

〝まあ、あなたでしたのね〟

幹からは慶斉の顔が浮き出ている。

〝頑張って念じ続けて、ようやく、こうして、あなたの夢でまた会うことが叶《かな》いました〟

〝実はわらわは、夜泳ぎで知られている江戸川へ行かなければならないのです〟

――どうして、ここが江戸川ではないの？　どうしてこの夢なの？　わらわはここから江戸川までの道など知りはしないというのに――

姫は困惑していた。

〝江戸川までならわたしが案内します〟

〝でも、どうやって？〟

〝わたしの顔がある木を見つけて歩いて行ってください。必ず、江戸川に行き着きます〟

〝そうは言っても、夜道でしょう？　夜、木の幹の顔など見えはしないのでは？〟

夢の中では今、明るい昼だが、夜になってくれなければ江戸川へ行く意味はない。

〝その点は案じるに及びません〟

そのとたん、夢は暗闇《くらやみ》に閉ざされて、大銀杏の木の幹に浮かぶ慶斉の顔だけが、ぱっと火の玉のように浮き上がって見えた。

〝物《もの》の怪《け》みたいで少々、不気味ですが、わたしのこの顔だけを追ってください〟

こうして慶斉はゆめ姫を江戸川へと導いていく。

幹から幹へと飛び移る慶斉の顔は満足そうに微笑み続けている。

〝楽しいですね〟

話しかけられたが、姫は江戸川で起きていることが案じられてならない。

〝わたしの言葉が聞こえませんでしたか？〟

〝いいえ、そんなことは。たしかに子どもの頃、楽しく遊んでいただいたことが思い出されました。でも、どうして、わらわの夢の中に出てこようとなさるのです？〟

〝それは知れたこと。わたしも市井で起きる事件の調べに加わってみたいし、それより、何より、あの者ばかり、あなたのそばに置いてはおけぬからです〟

〝あの者？　まさか信二郎様？〟

〝わたしの口からは決して出したくない名です〟

――えっ、まさか慶斉様が悋気《りんき》してくださっているなんて――

城を出て来る時には想像だにしていなかったことであった。

〝いつも落ち着かれていて、怜悧《れいり》沈着という評判の慶斉様らしくございませんわ〟

〝それを言うなら、あなただって、無垢《むく》な人形のような、明るい可愛さだけではなくなったでしょう？　姫らしくない陰影が加わった今のあなたは、あの頃よりずっとずっと面白くて心が惹かれてならない――〟

――お礼を申し上げるべきなのでしょうけど――

江戸川が見えてきて、ゆめ姫は礼の代わりにきゃっと悲鳴を上げた。

〝うわーっ、たまらない〟

慶斉の顔が口から出した悲鳴はもっと大きかった。

〝こりゃあ、とても駄目だ、そのうち息ができなくなりそうだ。ゆめ殿、さらばです〟

そう言い残して慶斉の顔が去ると、

〝なんだ、なんだ〟

〝所詮《しょせん》、あんなもんさ〟

〝生きてる奴らは、人の不幸になんて鼻も引っ掛けねえ、不人情な奴らばかりなんだ〟

〝まあ、不幸が蜜《みつ》の味でも匂《にお》いでもないのがいい気味よ〟

〝そうだ、もっともっと腐ってやるぞ〟

〝腐れ、腐れ、みんな腐れ〟

数知れない霊たちが川の中から出てきてざわざわと集った。殺気さえ感じられる。

どの霊も強烈な臭気を発する腐乱状態である。

六

霊たちは悪臭を放ちながら、剝いた目をぽとりと落としたり、鼻が崩れ落ち、ずるりと身体や顔、頭の皮が剝けてまさに赤裸になったりしている。髷《まげ》が崩れて髪が根元から抜け落ちる者もいた。幼い頃から強い匂いに弱かった慶斉でなくても、逃げ出したくなるような凄惨《せいさん》な光景であった。

——どうしてこうなのかしら？——

ゆめ姫は霊たちの誰もが男は下帯、女は腰巻き一つであることに気がついた。

——ここへ夜泳ぎに来ていて、溺れた方々？　違うわね、こんなにも沢山の人たちが夜泳ぎに来てたなんてこと、あり得ないわ、それに——

悪態をついている人たちから離れて、かたまって立っている一団が見えた。その一団も下帯、腰巻き姿ではあったが、土気色の肌を剝き出しているだけで、うつむき加減に悲しそうに押し黙っている。

この一団の中に居た一人の若い女が川辺に屈み込むと、流れてきたやはり裸の赤子を拾って、張ったままでいた自分の乳を含ませた。

〝わたしの子ではないけれど、とても見てはいられないわ〟

そんな若い女の言葉に、

〝よかった、よかった〟

じっと見ていた老爺《ろうや》と老婆《ろうば》がうんうんと頷いて目を瞬《しばた》かせている。

——赤ちゃんを産んですぐ亡くなった女の人や、別の星の下に産まれてこようとして果たせなかった赤ちゃん、寿命を生きたお爺《じい》さん、お婆《ばあ》さんが夜泳ぎをするわけがない。ここにいる霊たちと夜泳ぎとは関わりがないのだわ——

姫は赤子を抱く女たちから目を離せずにいた。

乳を飲んだからといって、すでに死んでいる赤子の命は戻らず、土気色のままではあったが、なにやらこの一団にはそよぐ春風のような穏やかさ、優しさが満ちている。

一方、悪態を垂れ流している霊たちの〝腐れ、腐れ〟の大合唱が、〝殺せ、殺せ、みんな殺せ〟に変わってきていた。〝夜泳ぎなどしていたあの男のように〟〝我らが操って、恨みの魂を授けた魚を平気で食べた大男のように〟とまで言い募るのであった。

――でも、どうしてここに居る一部の霊たちは、あんなにまで、誰かれかまわずに、生きている人たちを恨むの？――

そう思ったところで朝になり、目が覚めていた。

「姫様、お顔の色が優れないご様子ですが――」

藤尾が案じて、叩《たた》いた梅だけを具にした冷やし汁かけ飯を拵えてきてくれた。

何とか喉《のど》に通した後、

――とにかく、生きている人たちを恨むあの霊たちや、穏やかではあっても、多少は影響を受けているのか、腐りかけてきていて、悲しみに沈んでいる霊たちを癒《いや》さなければ――。また、恒吉さんや大男のような犠牲者が出てしまう――

「大丈夫、こうして食べられたのは元気な証《あかし》ですもの――」

藤尾に言いつけて人を走らせ、信二郎を呼んだ。

訪れた信二郎はゆめ姫の深刻な面持ちを見て、

「どうか、お話しください」

真剣な目で促した。

「わたくし、今まで沢山の霊とお会いしてきましたが、姿が朽ちていく様子を見せる霊たちを見たのは実は初めてなのです。あの霊たちは、腐れ、腐れと掛け声をかけて、どろどろになっていくのを繰り返しています」

姫が話を結ぶと、聞き終えた信三郎は、

「江戸川に棲《す》む霊たちを言い表すと、下品で血の気の多い悪態組と、上品で思いやり深い穏和組に分けられるというのですね。そして、あなたは死んだ産婦が死んだ他所《よそ》の赤子を拾って、乳を与え、周囲が温かく見守る、穏和組の様子にいたく打たれたようですね。たしかに、涙なしでは見守れません。ところで〝腐れ、腐れ、殺せ、殺せ〟と合唱する悪態組について、言葉や朽ち方のほかに気がついたことはなかったでしょうか？」

視点を変えて訊いてきた。

「見聞していて、あまり楽しい言葉でも、様子でもなかったので――」

姫は夢の中の自分が悪態組から目を逸《そ》らしていたことに気がついた。

「どんな些細《ささい》なことでもよいのです」

「そうはおっしゃっても、悪態組も穏和組もどちらも裸同然でしたし――」

この時はさすがに顔など赤くならなかった。

「言葉つきなんかは？」

「そういえば、悪態組はぽんぽんと粗野な口調で、穏和組は常にゆったりとした物言いでした」

「髷の形などの違いは？」

「男の方は町人髷で、女の方は桃割れ、島田、どちらもそう変わりはありませんでした」

「だとすると、どちらも町人ですね。悪態組は長屋に住む者たちで、穏和組はそこそこ富裕な人たちなのかもしれない」

「お言葉ですが、富裕な方たちが裸同然で亡くなるでしょうか？　いいえ、たとえ富裕でなくとも、川などに落ちて、長く漂流した結果、着物が脱げるとか朽ちでもしない限り、死人が裸同然でいることは稀だと思います」

「たしかに死出の旅には、質の違いこそあれ、白装束《しろしょうぞく》を着せるのが普通ですね。つまり、どちらも裸同然であることが、この霊たちの謎《なぞ》を解く鍵《かぎ》だとわかりました。ここからはそれがしの仕事なのですが、さっぱり、ここが働きません」

信二郎はうーむと唸《うな》り、頭を抱えて帰って行った。


この日の夜、姫はまた夢の中に居た。

江戸川へ向かって慶斉の顔と一緒に急いでいる。

〝おいでくださったのですね〟

〝つきまとっているだけかもしれませんが――〟

〝夜道は慶斉様が居てくださって助かります〟

〝あなたのお役に立ちたいのです〟

それからしばらく、慶斉は無言であった。

江戸川には霊たちの行列ができていた。

――また数が増えたような気がする――

ゆめ姫の目は咄嗟に昨日見た若い女と赤子の姿を追っていた。

常に前に出ていきり立っている悪態組の遥か後方を探したが、見当たらない。

ぎゃあ、んぎゃあ、んぎゃあ――。

気がつくとすぐ目の前で、あの若い女が自分の乳房を含んでいる、赤子の頭を摑《つか》んで引き離そうとしていた。

〝うちの子じゃない、あたしの子じゃない、こんな子、こんな子、大嫌い〟

そばに立っている老爺と老婆は、

〝そうさね、他所の子なんぞ邪魔者さ〟

〝早く、川に流しておしまい〟

渋面の口をへの字に曲げている。

――あの穏和組の人たちまで優しくなくなっていたなんて――

あまりの薄情さにたじろいだゆめ姫の耳元で、

〝人って誰でも、あんまり酷い目に遭うと優しさなんて吹き飛んじゃうもんなのよ〟

お染の声がした。

〝お染ちゃん、どうしてここへ？〟

唖然《あぜん》としている姫を尻目にくるりと後ろを向いたお染はいままでと違い、小さな腰巻き一つになっていた。

〝あなたもここに居る霊たちと一緒だったの？〟

ゆめ姫の言葉にお染は泣きそうな顔で深々と頷いた。

〝お願い、この霊たちとあなたがどんな酷い目に遭ったのか、わたくしに教えてちょうだい、お願いよ〟

姫は必死に乞《こ》うた。

これにもお染はうんと頷いたが、続く言葉はなく、見渡している川の霊たちが黒い闇《やみ》にすっぽりと包まれただけだった。

――これはたぶん、この霊たちの心なのだわ。各々が辛い経験を見せてくれるはず――

ゆめ姫は大きく目を瞠《みは》って、闇に隠れた霊たち各々の苦悩の姿を追おうとしたが、

――駄目だわ――

あまりにも深い闇ゆえにもう何も見えなかった。

その時である。

姫の後ろに居た慶斉の顔がぼおーっと音を立てて燃えて闇を照らしだした。

霊たちが見えた。

ただし、顔は無い。

大きな赤黒い穴蔵が首とつながっている。

——これは一体何なの？——
叫んだところで目が覚めた。
意味のわからないことを告げても、信二郎を惑わすだけだとゆめ姫は思って、
「今日もお顔色がお悪いです」
案じる藤尾が拵えてくれた、じゃこが具になった冷やし汁かけ飯をお腹におさめた後、
奉行所に人を走らせるようなことはしなかった。
——あの穴が何だったのか、見極めなければ——
この日も夜と夢が訪れた。
灯《あか》り代わりに頼みにしていた慶斉の顔はない。
——お疲れになったのだわ——
少し寂しく思うと、
〝その通りです、今日はお役に立てずすみません〟
慶斉の声だけが聞こえてきた。
もっとも、江戸川へと急ぐ姫が暗さに難儀することはなかった。
前方に提灯《ちょうちん》を手にした小柄な影が見えている。
——もしや——
力の限り走って、その影に近づくと前に立って相手の顔を見た。

七

〝定吉さん〟

大人びてきてはいるが、お染が見せてくれた家族団欒に連なっていた兄定吉の面影があった。父親似のやや四角く張った大きな顔と母親譲りの豊かな唇。もう、子どもではない、ひとかどに成長した者ならではの意志の強さが感じられた。

定吉の方はあっと叫んで来た道を戻ろうとした。この時、手にしていた道具箱が揺れて、白い石が幾つかころころと転がり、乾いた葉がぱらぱらと飛び散った。拾おうとした定吉が焦ると、ますます道具箱は傾いて、さまざまなものが地面に落ちた。

拾うのを手伝おうと屈みこんだゆめ姫が手にした品は、ざらざらした皮のようなものであった。何かしらと思い、よく眺めようとすると、

〝これがないと綺麗《きれい》に仕上がらない〟

定吉に乱暴に取り上げられた。

――これらは一体何に使われるの？――

夢の中で首をかしげたところで朝が来ていた。

「信二郎様がおみえです」

藤尾が言いに来て、ゆめ姫は座敷で信二郎と向かい合った。

「調べに行き詰まり、あなたの夢を当てにしてまいりました」

あまり眠れていないのか、信二郎は憔悴《しょうすい》した様子で自嘲《じちょう》した。

「悪態組と穏和組の霊たちに共通しているのは、姿の崩れかかった裸同然の姿でいるということなのですが、これだけでは名も暮らしていたところにも行き着くことができないのです。せめて、着ている物、持ち物がわかれば暮らし向きなどから見当がついて、調べが進むのですが――。口調や物言いの違いから、何とかわかるかもしれないと考えたのは浅はかでした。思えばたいていの町人は宵越しの金は持たないと格好をつける貧者と、身代《しんだい》を築いてお上に隠れて贅沢品《ぜいたくひん》を好む富裕者なのですから、この切り口から絞り込むことなどできはしないのです」

信二郎はふうと失意のため息をついた。

そこで姫は、

「前の夢の話同様、あまり、お役に立つとは思えませんし――前より、もっととりとめがないかもしれませんが」

二夜に見た夢の話をした。

若い女の赤子の扱いや、それを見守る老爺老婆の様子ががらりと変わってしまったことを嘆じると、

「穏和組が悪態組の影響を受けているというのですね。悪態をつきかねない一面と穏和さを合わせ持っているのが人というものなので、大いにあり得ることだと思います。穏和組とて、生きている頃は不自由のない暮らしだったとしても、今は朽ちつつ現世を浮遊して

いて、成仏とはほど遠い様子なのですから、悪態組に共感を抱くようになっても不思議はなさそうです。でも、これは今後、生きている人たちを妬《ねた》んで襲う邪悪な霊が増え続けるということでもあり、恐ろしいことです。何とかしなければ」

信二郎は両膝《りょうひざ》に置いた両手を拳《こぶし》に固めた。

「一刻も早い供養が必要です」

姫も大きく頷いた。

「供養に要《い》るのはやはり、あの霊たちの名や住まいでしょう？」

信二郎は忸怩《じくじ》たる思いで、片方の拳を額に強く押しつけた。

「あの方たちの生きていた頃のことを知りたいです。そして、何で今、江戸川に集まってあのような姿でいるのか、そして怒ったように朽ち続けているのかを知らねばなりません」

「今は正直、溺れる者が藁をも掴みたい心境です。たしか、あなたは二夜目の夢で道具箱を手にした若者と会った話をされましたね」

信二郎はじっと宙に目を据えてから、

「あなたの夢に出てきたのですから、地面に落ちた道具箱の中身にも、意味があると思いたいです。石とか葉、ざらざらした皮のようなものだけではなく、他にも見えていたらそれらを全《すべ》て思い出してください。この通り、お願いです」

姫の前に頭《こうべ》を垂れた。

「そうおっしゃられても、咄嗟のことでしたし、くわしくは見ておりませんでした。ああ、こんなことなら、もっと気をつけて見ていればよかったわ」

ゆめ姫が頭を抱えると、

〝わたしが照らしてさしあげます〟

不意に慶斉の声がして気がつくと目を閉じていた。

「思い出すことができました。小さな鑿《のみ》が幾つもあって、弓矢のようにも見えるやはり小さな道具、絹糸、でも、撚《よ》って太くしてある。それから白い石は少しずつ種類が違うみたい。あと〝蜜蠟《みつろう》〟と書かれている箱、木を厚みのある半月型にくり抜いたもの、これが二つ――」

姫は見えている様子を事細かに告げることができた。

「これは凄《すご》いっ」

信二郎が叫んだ。

一瞬の白昼夢から醒めたゆめ姫に向かって、

「わかりました、ありがとうございました」

信二郎は深々と頭を下げた。

「心当たりがありそうですね。是非、教えてください」

姫は相手を促した。

「あなたが見たのは入れ歯師の仕事道具だと思います」

信二郎はぱっと晴れた表情で迷いなく言い切った。

「どうしてそのようにすぐおわかりになったのですか？」

「それがしを攫《さら》った後、嫁いだ養母上《ははうえ》の相手、秋月の養父上《ちちうえ》は若い頃から歯の質《たち》が悪く、始終歯痛で苦しんでいて、とうとう抜く歯もなくなって入れ歯が必要になりました。その際、入れ歯師のところへ通っていました。子どもだったそれがしも時折ついて行っていたのです。子どもでしたから興味津々《きょうみしんしん》でさまざまな道具を面白く観察しました。とてもよく覚えています」

「なるほど」

「まず、木を半月型にくり抜いた木型というのは入れ歯の土台です。蜜蠟は人によって異なるこの木型を作るためのもので、温め溶かして口中に入れて外します。小さな数多くの種類の鑿で作業が行われます。葉は木賊《とくさ》や椋《むく》で、ざらついた皮は鮫皮《さめがわ》です。いずれもヤスリの役目で木型の仕上げに使われていました。一見、弓矢のように見えるのは轆轤《ろくろ》と言って、出来た土台に穴を空けて、丈夫に撚った絹糸でつなげた作り物の前歯を留めるのです。白い石は蠟石や牛骨、象牙《ぞうげ》等で、どれを使うかは予算次第です。養父は一番安い蠟石でした」

「夢は定吉さんを通じて、わたくしに入れ歯を見せてくれたというのですね」

「ええ」

「ならばこれはどなたの意志なのでしょう？　見せてくれる夢には必ず主がいるものなの

ですが——」

「霊たちの顔が悪態組、穏和組の別なく、一人残らず、ぽっかりと開いた赤黒い穴になったとおっしゃいましたね」

「はい」

この時、一瞬、小さな赤黒い穴が一つ見えた。それがつながっているのは、以前お染が着ていた、金魚模様の着物の衿《えり》から伸びている華奢《きゃしゃ》な首であった。

——あの時、霊たちとあの場に居合わせたせいか、お染ちゃんの顔も穴になってしまっていた——

「歯のない口中も赤黒い穴に見えはしないでしょうか？」

するとお染の顔の代わりだった穴が、みるみる縮まって口の大きさになって閉じられた。目鼻口が揃っておたばこぼんの髪が愛らしい、出会った時のお染がそこに居る。

——あの不気味な穴は霊たちの口だったのだわ。でも——

お染が、飛んで来た蝶《ちょう》を追いかけはじめた。楽しそうに笑って白い歯並がこぼれている。

——少なくともお染ちゃんに入れ歯は必要ない——

「たしかに歯の酷く悪い方々にとって入れ歯は身体の一部だと思います。それで、あなたはあの霊たちは全て、入れ歯の持ち主で、死出の旅の際に大事なものを奪われて成仏できず、憤怒《ふんぬ》や悲しみを噴き上げているとおっしゃるのでしょう？　たしかに何人かは入れ歯を嵌《は》めていたでしょうが、歯がまだ生えていない乳飲み子はもとより、幼い子まで入れ歯のお世話になっていたというのは、どうにも合点がいきません」

姫は首をかしげながら反論した。

うーむと腕組をしてしばらく黙って考えていた信二郎が、突然、

「わかった‼　わかりましたよ」

大声をあげた。

「えっ？」

「墓泥棒ですよ。墓泥棒。入れ歯は個々で異なるものですから、墓泥棒にとって、飛びつきたくなるほどのお宝ではないと思います。ただし、家族《たち》に入れ歯を都合できる家は、そこそこ裕福だという見込みは立ちます。これは何とも性質の悪い泥棒です」

信二郎は確信した物言いをした。

「墓泥棒――」

姫は絶句した。

――藤尾から聞いてはいたけれど、こんなに酷いものだったとは――。たしかに墓泥棒に安らかな眠りを妨げられては、成仏などできようはずもないわ――

「あの霊たちが裸同然なのも墓泥棒のせいなのですね」

「もちろん」

「酷いわ、許せない」

「わたしも断じて許せません。これから市中の入れ歯師を調べ尽くして、何としても、墓

泥棒とつながっている奴を探し出すつもりです」

信二郎は立ち上がり、

「よろしくお願いいたします」

ひたすら霊たちの成仏を祈って姫は深々と頭を下げた。

八

それから何日も過ぎて、訪れた信二郎は晴れ晴れとした顔で、定町廻り同心の山崎正重と共にゆめ姫を訪れた。

「おかげ様で一件落着しました」

一方的に想い続けている山崎は、眩《まぶ》しそうに姫を見て頭を下げた。

山崎がゆめ姫に告げた顛末《てんまつ》はこうだった。

「実は悪党の入れ歯師は秋月様とわたしの二人で手分けして見つけたんです」

——いつものように奉行所は夢だけでは動かないところなのね——

「ご苦労様でした」

「これが何とも性根の悪い奴で、常に腕を競っていた同業者が、井戸に落ちて死んだ娘の後を追うように、夫婦もろとも病を得て亡くなって以来、ますます増長して、客を客とも思わず、高い金を取って威張り散らしていたとのことでした」

——競争相手の入れ歯師とはお染ちゃんのお父様のことね。たしかお母様は、腕の良さをたてにして、威張って仕事をする入れ歯師の話をしていた。この入れ歯師が実はとんでもない墓泥棒の悪党とつながっていたのね——

山崎は先を続けた。

「競争相手がいなくなってますます慢心したんです。とはいえ、根っからの博打《ばくち》好きで三度の飯よりも、もちろん入れ歯の細工よりも賭場《とば》が好きで、とうとう、借金で首が回らなくなり、そんな時、昔の遊び仲間にばったり会ったのだそうです。そやつは入れ歯師が掏《す》摸《り》やかっぱらい、盗みをしていた時の相棒で、今は何とか小さな質屋の主《あるじ》に納まっていました。どうしようもない奴らでも、一時は器用だった手先を生かして入れ歯師の修業をしたり、お天道様の下で店を開こうと心がけたんですね。その心根を忘れなければよかったものを——。質屋の主になっていた相手も大の博打好きで、大損していた矢先だったのが禍《わざわい》したんです。二人はすぐに意気投合、入れ歯師が〝入れ歯を拵える余裕のある奴の家の墓にはお宝が埋《う》もれている〟と思いついて以後、質屋の元ごろつきの奉公人を使い、入れ歯師が渡した帳面を繰って、墓泥棒の標的を定めて、さんざん金目のものを奪ってきていたんです。〝今までも博打で大金をすった時など時折、墓泥棒をやったが、その時は金持ちが多い寺の墓石が立派なところを狙って墓を掘っていた。これが労多くして益なし、とっくにご同業に先を越されちまってることが多かった。だが、今回みたいに、入れ歯を誂《あつら》えるゆとりのある家の墓は、見かけはそれほどじゃなくても、上質の着物、持ち物、小判等、ほとんどいつもそこそこのお宝に出会えて楽だった〟と呆《あき》れたことを口にしてました。死出の旅路に着せる白装束が極上の絹だったり、死んだ当人が気に入っていた晴れ着や贅沢な大島紬で、古着屋に売るといい金になったそうです」

——それで皆さん裸同然だったのね。自分たちの欲のために平気で死者たちを冒瀆《ぼうとく》し、眠りを妨げていたなんて、何って酷い人たち——

姫はたまらない気持ちになりつつ、

「家族または本人が入れ歯と関わっていた人たちが、悪態組と穏和組に分かれていた理由は何だったのかしら？」

気になっていた疑問を口にした。

——悪態組の影響を受けていなかった時の穏和組の人たちは、本当に善そのもので心打たれたわ——

「悪態組は一代でのしあがった成功者がほとんどです。新興の廻船問屋や両替屋、米屋、大きな料亭の女将《おかみ》さん等です。彼らはたまさか、博打好きの入れ歯師に頼んで、当人たちの両親や祖父母に入れ歯を作っていました。若くて貧乏な頃はがむしゃらに働いて人を押しのけて成功を勝ち取った者たちですから、死出の着物を剝ぎ取られる等合点がいかない逆境に陥ると、ついつい昔使った荒い言葉で気強く抗《あらが》おうとしたのでしょう」

信二郎の応えに、

「それ、おさとが知れるっていうやつですよね」

藤尾が小声で囁《ささや》いて、

「穏和組の方はきっと出自のいい老舗《しにせ》の方々なのでしょう？　そうですよね」

自信たっぷりに言い切った。

「まあ、そんなところです。気がついてみれば裸同然なので、こんな酷い辱めは生きているうちには決して受けなかっただけに、気恥ずかしさと驚きでたいそう情けない想いをしたはずです。何とも気の毒な話です」

信二郎は大きく頷き、

――そして、穏和組も我慢の限界が来ると、悪態組に染まるのだわ。人の心の有り様ほど複雑怪奇なものはない――

姫はふうとため息をついた。

また何日かして、お縄になって白州《しらす》に引き出された入れ歯師と質屋、配下のごろつきたちは即刻打ち首となった。

「墓泥棒にしてはやや厳しすぎる処分です。奉行所はこの人としてあるまじき所業が、数え切れない死者の魂を傷つけたことをたいそう重く見ているのだと思います。お奉行によれば近く、江戸川の土手で盛大な祓《はら》いと供養が執り行われるとのことでした」

信二郎に告げられて、

「是非、わたくしもその祓いと供養にまいらせてください」

ゆめ姫は藤尾を伴って当日、その祓いと供養の場所まで出かけて行った。

川原には魔除けと思われる大きな白い幕が張られ、袴《はかま》と小袖を身につけた白髪の巫女《みこ》が何やら唱えつつ繰り返し祓いを続けている。

その後ろにはまだ多少若い巫女たち数人が並んで、白髪の長老に倣って祓いの儀式を行っていた。

祓いが始まって一刻《とき》(約二時間)近くが過ぎた。

「わたくし、こんなに沢山の巫女を使ってのお祓いをはじめて見ました。さすがお上のなさることは違いますね」

藤尾の言葉に、

「そうですね――」

応えたものの、

――これは少しも供養になっていない――

姫は悪態組、穏和組の数知れない霊たちが、川の中に総立ちになっている光景を目にしている。

霊たちは相変わらず裸同然で朽ち続けていた。

〝うるさいっ、うるさいっ〟

〝負けずに腐れ、腐れ〟

悪態組が盛んに喚《わめ》いている。

祓いの後は僧侶《そうりょ》の読経《どきょう》であった。

関《せき》ヶ原《はら》まで家系を遡《さかのぼ》れば、徳川家の血筋につながるという、金色の頭巾《ずきん》を被《かぶ》った市中一の高僧が、何人かの弟子を引き連れて江戸川の縁に立った。

紫色の袈裟《けさ》が風にたなびき、時折鐘が鳴って、読経の声があたりを威圧するかのように
よく通って響き渡っている。

――ありがたい経文なのだけれど――

〝鐘の音は聞こえる。お坊様がおられるのだから、お経を上げてくださっているのだろう
けれど、どういうわけか、それが心にしみない、少しも聞こえない〟

穏和組の一人が苛立《いらだ》った声を出して、やはり、まだ、霊たちは喚いている。

――どうしてなの？――

姫が思わず心の中で呟くと、

〝是非ともあなたが祈ってください、あなたでなければ駄目なのです〟

夢の中で見た、流れてきた赤子を拾った若い女の声が聞こえた。

〝さもないとわたしは――〟

若い女は赤子を乳房から引き剝がそうとした。

〝どうにも自分が止められません、お願いです、わたしたちを救ってください〟

〝わかりました〟

応えたゆめ姫はまずは目を閉じた。いつもとは異なり何も見えてこない。闇の黒い色が
広がるばかりだった。

――わらわなりに話しかけるしかないわ――

覚悟を決めたゆめ姫は、

〝あなた方がどうしてここにおいでなのか知っています。悪い人たちに着物を奪われただけではなく、魂の静寂を破られたからですね。さぞかし、恐ろしく、無念で口惜《くちお》しかったことでしょう。もしかして、地獄に落ちたとお思いなのではありませんか？　でも、ここは地獄のようではあっても地獄ではありません。あなた方が地獄にしてしまっているだけなのです。どうか、ここにもう、囚《とら》われないでください。そして、あなた方のいるべき場所へお戻りになってください〟

一心に話しかけた。

この時であった。

姫の閉じた目の中が見事な七色の虹色《にじいろ》に染まった。思わず目を開くと、その虹色が川全体に広がっていて、霊たちの腐りかけた身体を靄《もや》のように包みはじめた。

そして悪態組も穏和組も、男も女も、老いも若きも別なく、虹色の着物を身につけて、川から空へと浮かび上がっていく。

その様子は虹で空一面が占められたかのように美しかった。

空からは金色の光が注がれ続けていて、

——ああ、皆さん、やっと成仏されるのだわ——

ゆめ姫はほっと安堵《あんど》し、

「先ほどまで曇っていた空が晴れて、何だか、川の水まで清々《すがすが》しく見えてきて、これも御祓いとお経のおかげだと、わたくし、実感いたしました。これで、ここらを浮遊していた霊たちが悪霊となって、徳川の世に仇《あだ》することもなくなったのですね」

藤尾が同調した。

――でも、お染ちゃんの姿が見えない――

姫は気がかりになった。

虹の衣をつけた霊たちの中にお染はいなかった。

――そもそも、井戸で溺れたお染ちゃんがどうしてここへ現れることができたのかしら？　井戸と川、どちらも水だから水つながり？　それとも、入れ歯師だったお父さんの商売仇が関わっていたから？　入れ歯絡みで霊たちに呼ばれたの？　わからないわ――

ゆめ姫が途方に暮れていると、

〝わたしが両国橋の石尊垢離取に加わって、お染に会い、頼みを聞いたのがはじまりでした。おかげで悪霊がもたらす禍も無事避けることができました。どうか、目を閉じてこの子の願いを聞いてやってください〟

慶斉の声がした。

言われた通りに再び目を閉じると、裏庭の井戸をお染と両親、定吉の四人が囲んで立っていた。

〝聞いてほしいことがあるのよ〟

お染は両親と定吉をじっと見つめて、

〝兄ちゃんはあたしのためにいつも柿の木に登って柿をとってくれてたの。あたしがせがんでたの。枝が折れかけて兄ちゃんが落ちかけた時、井戸の縁から柿の木に飛び乗って助けようとしたのも、あたしの勝手なのよ。兄ちゃんは止めたけど、一度はやってみたかったもんだから。井戸で溺れたのは自分のせい、兄ちゃんのせいじゃない。だから、兄ちゃん、あの後、柿の木から落ちて、落ち所がよくて何ともなかったことを、くよくよ悩んだりしないでね。自分があたしの身代わりになればよかったなんて思わないでね。でも、兄ちゃん、あたしのことは忘れないで〟

明るく微笑むと、

〝あたしときたら、子どもたちの心がちっともわからなくて〟

ひたすら泣き濡れている母親の手を取って、

〝おっかさん、あたし、もう行ける〟

射《さ》してきた光の中へと進み始めた。

残った父親は定吉の言葉に耳を傾けた。

〝お染があんなことになってしまったせいで、柿の木から落ちてもかすり傷一つ負わなかった自分が責められてならず、もう、家には居られないとまで思い詰めた。家を飛び出てから三田《みた》一丁目の入れ歯師の親方の元に落ち着き修業してた。入れ歯師じゃない仕事も考えたけど、どうしても、おとっつぁんの背中を見て育って、やはりこれが天職だと思ってたんだね。おとっつぁんの厳しかったしつけのおかげで、おまえは礼儀正しいって言われて、俺だけ、親方にお客様方の前に出してもらってる。これほどおとっつぁんを有り難く感じたことはなかった。だから、風の便りでおとっつぁん、おっかさんが死んだと知った時は、お染の時と同じくらい悲しかった――〟

定吉は声を震わせ、

〝おまえが立派な跡継ぎになるとわかって、これほどうれしいことはない〟

父親は言葉少なく喜びを伝えると、妻と娘の後を追って光の方へと歩いて行った。

気がつくとゆめ姫は定吉と並んで三人の墓標を前にしていた。

〝どこかでお会いしたような気もするのですが――〟

定吉はしきりに頭をかしげ、

〝わたくしもですよ〟

ゆめ姫は微笑んだ。

第四話　ゆめ姫が小悪党の魂を救う

一

初秋の涼やかな風が庭先から渡ってきている。白と紅紫色の萩《はぎ》の花がさーっと風に薙《な》いで、紅白の襷《たすき》を想《おも》わせる雅《みやび》やかな風情《ふぜい》を見せていた。

「何とも可憐《かれん》で美しい眺めです。二軒、家があるのもよいものですね」

秋の気配と共にすでにゆめ姫は元の家に移っている。

——萩の花の紅白は縁起がよろしく、姫様の守りになるからと、池本様と浦路様が口を揃《そろ》えられて、ここへお植えになられたのだわ——

藤尾が心の中だけで呟《つぶや》いたのは、隣りに市中一と称されている菓子屋、風月《ふうげつ》の跡取り娘牧恵《まきえ》が座っていたからであった。

臨月に入っている牧恵はずんと大きな腹を突き出して横座りしている。

牧恵が夢治療に通ってくるようになったのは、江戸川で成仏《じょうぶつ》できずに苦しんでいた大勢の浮遊霊たちが、姫の力で虹《にじ》に包まれてあの世へと旅立って行った様子を目の当たりにしたからであった。

「駕籠《かご》で江戸川に架かる石切橋近くの土手に行ったのは、産み月が近づいてお腹《なか》がちくちく痛むあたしの様子を案じた両親《ふたおや》が、もしかしたら、大がかりな御祈禱《ごきとう》や御念仏に触れることで、効験があるかもしれないと勧めたからです。近頃のあたしのお腹の痛みを両親は早とちりして、陣痛ではないかと何度も気が逸《はや》っていたのですが、身体《からだ》にその様子は見られず、しばらくすると痛みも収まってしまうんです」

牧恵はその日のことを思い出していた。

「よくご覧になれましたね」

藤尾はやや羨《うらや》ましげにため息をついた。

――わたくしには見えなかった、姫様と同じもの、浮遊霊たちが見えたなんて――

愛《いと》おしそうに張り出たお腹を撫《な》でている牧恵は、肩で息をしつつ先を続けた。

「川辺はそれはそれは恐ろしい様子でした。嫌な臭《にお》いもしました。およそ人とは思えない、そう、あれは幽霊です。その裸に近い霊たちの身体が朽ちていくのが見えたんです。声高な御祈禱や有り難い御念仏の効験は、全く見受けられませんでした。これは地獄絵図だと思いました。思わずお腹を庇《かば》おうとしましたが、腕が動きません。供の小女に助けを求めようとしても声がでません。金縛りに遭《あ》ったように動けずにいると、どこからともなく、女の方の声が聞こえました。目を閉じるとその姿も見えました。あたしとあまり年齢《とし》の違わない綺麗《きれい》な方でした。ここにおいでのゆめ先生です。その時、ゆめ先生は霊たちに優しく語りかけておられたんです。すると、どうしたことか、無残に朽ち果てようとしていた霊たちの様子が変わり始めたんです。生きている時の顔や肌となり、仕舞いには美しい虹に包まれて空高く上って行きました。その虹はまるで極楽行きの架け橋のようで、あたしはずっと見惚《みと》れていたんです」

「でも、痛みは治らなかったのでしょう？」

ゆめ姫は案じる表情でじっと牧恵の腹部を見つめた。

「残念ながら。虹に包まれる霊を見ていた時は少しの痛みもなかったんですが、家に戻るとまたぞろちくちく痛み出して——。あたしはこれはもう、いよいよ、その女の方におすがりするしかないと思いました。その時のことを、供をしていた小女に話しても榊《さかき》流の巫《み》女《こ》さんと僧侶《そうりょ》の姿しか見えなかったというばかりなのです。産み月が近い身体だから、幻を見たのかとも思いましたが、痛みが消えたことは本当でしたので、懸命に、その時見た女の方を探し、ここにたどり着いたというわけです」

牧恵は必死な眼差《まなざ》しを姫に向けた後、

「両親同様、夜も眠れぬほどあたしを案じてくれている夫の佐兵衛《さへえ》もよろしくと——」

やや頰《ほお》を染めて、菓子盆に盛られた生菓子三種に視線を落とした。

「素晴らしいですね」

姫は感嘆した。

これらの菓子は全《すべ》て菓子職人の佐兵衛の手によるもので、秋の七草である撫子《なでしこ》と女郎花《おみなえし》、深まる秋の象徴とも言える、川に落ちて流れる秋色に染まった葉を模したものであった。

撫子は煮溶かした寒天水に白砂糖、水飴《みずあめ》、赤い色粉だけではなく、とっておきのすり蜜《みつ》を加えて器に流して固めた後、よく乾かし、伸《の》し餅《もち》のように薄く切って撫子の金型で抜いて仕上げる。ちなみにすり蜜とは砂糖に水飴と水を入れて中火で煮詰め、冷やした後、煉《ね》ることで砂糖が微細な結晶、どろりとした白い状態になったものである。他では出せない絶妙な柔らかさがすり蜜の真骨頂である。

華やかな黄色が特徴の女郎花の方は、まずは、栗《くり》の甘露《かんろ》煮《に》、小豆《あずき》の漉《こ》し餡《あん》、小麦粉、白砂糖、塩、生地を鮮やかな小豆色に仕上げるための赤い色粉を湯を用いて混ぜ、長四角の型に入れて蒸籠《せいろう》で蒸し上げる。そしてすり下ろした山芋、黄色い色粉、白砂糖、上新粉を水でよく混ぜたものを、この小豆色の生地の上に載せてさらに蒸す。小豆色と黄色の二層が何とも見ては優雅、食べてみては豪華である。

錦玉《きんぎょく》の一種で紅葉を流す秋の川を模した菓子は凝っている。青い色粉は少量の水で溶き、二十粒の小豆甘納豆と一緒に流し器に入れておく。一方、煮溶かした寒天、白砂糖に白餡を加え混ぜて、よく煉り、三等分して赤と黄色の色粉、抹茶《まっちゃ》で着色し、固まったところで紅葉の金型で三色の羊羹《ようかん》に抜いておく。煮溶かした寒天と白砂糖を煮詰めて錦玉を作り、これを三色の羊羹と共に流し器に入れ、冷やし固めて切り分ける。秋らしい三色の葉と共に、透明な錦玉の中で、ところどころぼうっと広がっている青い色粉が、まさしく初秋の川の印象で何とも涼やかである。

ちなみに秋風が立ってきたとはいえ、日中はまだそこそこ暑い。

「どれもお菓子というよりも、秋という名の絵巻物のよう――。食べてしまうのが勿体《もったい》ないほどだわ」

まだ姫は眺め続けていた。

「そう、おっしゃらずに召し上がってください。こんなものでよければいつでもお届けすると、佐兵衛が申しておりましたし――」

牧恵は菓子皿に初秋の川の錦玉を取り分けてゆめ姫に、続いて藤尾に渡した。

「男前――」

思わずその菓子を見つめた藤尾が呟くと、

「あらっ」

牧恵はまた赤くなった。

「男前って？」

姫が首をかしげると、

「申し上げてよろしいかしら？」

微笑《ほほえ》みながら藤尾は牧恵に訊《き》いた。

「ええ、まあ」

牧恵の頬はまだ赤味が取れていない。

「この秋の川のお菓子ね、実は牧恵さんの御主人佐兵衛さんの出世作なんですよ。年に一度のお菓子競べで見事、最上席に選ばれたのがこれ、佐兵衛さんの初秋錦玉。またの名が男前。というのも佐兵衛さんが、それはそれはいい男だからなんです。市中を歩いていると、暇で騒々しくてぴちぴちした若い娘たち、おちゃっぴいたちがぞろぞろ後をついてきてたって聞いてます。そのいい男が一心に恋したのが、何と修業先の風月のお嬢様、牧恵さんだったんですよ。でも、所詮《しょせん》は奉公人と主筋《しゅうすじ》のお嬢様、そうは簡単に結ばれる縁じゃありません。それでも、牧恵さんの方も佐兵衛さん一筋でしたから、娘の強い気持ちに負けた風月の御両親がそれではと、佐兵衛さんにお菓子競べでの最上席を迫ったんですよね、牧恵さん？」

藤尾に念を押された牧恵は、

「おとっつぁんときたら、〝娘の婿になる男に要《い》るのは男前なんかじゃない、美味《おい》しくて綺麗な菓子を拵《こしら》える腕だ〟っていう一点張りでしたから大変でした。とかく男前は軽薄な女たらしで怠《なま》け者だっていう思い込みもあったみたいで。素敵な役者さんたちを見られる芝居《しばい》好きなおっかさんにもいい顔をしてませんでしたし、ご贔屓《ひいき》いただいてる役者さんなんかにでも、嫌々、頭を下げてるのがわかりました。後で〝あの菓子と得意な流し目で、どれだけの数の女の心を買うんだろうかね〟なんて言ってました。それを肝《きも》に銘じてた佐兵衛さんは何としても最上席になろう、おとっつぁんに認められようと、あたしのために必死で頑張ってくれたんです」

当時を思い出してか、ふと涙ぐんだ。

「撫子は初々しい娘さん、女郎花は女盛り、この初秋の川は曰《いわ》く言いがたく清々《すがすが》しくも力強い美しさ、たしかに男前という印象だわ。ああ、やっぱり、食べるのが惜しいぐらいですね」

そう言いつつも、ゆめ姫は菓子楊枝を取り上げた。

錦玉に楊枝が刺さったその時、

「あ、痛っ」

牧恵は呻《うめ》いて腹を押さえて前のめりになり、姫は知らずと目を閉じていた。

市中の大通りで町人髷《まげ》の若い男が能楽師のように舞扇を手にして立っている。すらりとした身体つきで、細面で切れ長の目が涼しげな申し分のない男前であった。

近くには若い娘たちの輪ができていて、その男は微笑みながら、熱っぽい眼差しで最前列の娘たちの顔を順番に見つめていた。

〝こっち向いてえ〟

後列の娘の一人が叫ぶと、

〝おうよ〟

大きく頷《うなず》いて男は舞扇を頭上にかざして振った。

〝あたしもぉ〟

〝ずるい、あたしの方が先よ〟

女たちの嬌声《きょうせい》が続いた。

白昼夢の中のゆめ姫は、

――これは何なの？　牧恵さんのお父上のお話のせい？　それだけ？――

急いで目を開くと、牧恵の腹部に右手をそっと当てた。

二

するとほどなく、牧恵はああ、ふーっと一息ついて、

「嘘《うそ》のように痛みが治まりました。いつもながら、ゆめ先生、ありがとうございました」

頭を下げた。

「でも、痛みは以前より、強くなっているように見受けられますよ」

首をかしげたゆめ姫の方は困惑のため息を洩《も》らした。

「ちくちくから刺すようになってきていて、それはそうなのですけれど。これ、もしかして、いよいよ産まれる兆《きざ》しかもしれませんし――」

暢気《のんき》な牧恵の言葉に、

「そうだとしたら、痛みがこんなに早く引くものでしょうか？　子を産んだことのある女たちの話では、産みの痛みは間を置いて続き、その間隔はだんだん短くなるそうですよ。痛みを抱えてここへ来たり、ここで痛んだりしても、牧恵さんのは、ゆめ先生が触れるとすぐに収まって、長い時では五日も痛みが出ないのですよね？　今のところ、産みの痛みとは違うような気がしますけど」

諭すように告げた藤尾は、

――やはり、悪い霊の仕業なのでは？――

知らずと眉《まゆ》を上げていた。

「いいんです、いいんです。あたしも両親も皆、先生を信じてますから。先生のおかげで、あれほど来ていただいていた御祈禱も要らなくなって、あたし、心からほっとしてるんです。嫌いなんですよ、気を失うまで、怖い顔でハタキみたいなものを狂ったように振り続ける、御祈禱のまがまがしい様子が――。あれがお腹の子にいいなんて到底思えませんでした。とはいえ、思えば通ってきてくれていた榊《さかき》流の巫女《みこ》様が、お上に選ばれて御祈禱されるということで、おとっつぁんやおっかさんに勧められ、あの日、江戸川へ行ったのが先生との今のご縁なのですから、あの方の霊験も多少はあるのかもしれませんけれど――。さあ、そろそろ、うちの人が一息入れた後、あたしとお腹の子のために、特製の新作お菓子を拵えて待っていてくれる頃なのでお暇《いとま》いたします。とびきり美味しかったら今度はそれをお持ちしますね」

牧恵はよいしょっと掛け声をかけながら立ち上がった。

この時、牧恵はゆらりとよろめいて倒れそうになり、

「危ないっ」

助けたゆめ姫が瞬《まばた》きすると、

〝いい加減、お節介は止《や》めてくれよな〟

さっきの若い男の青ざめた顔が見えた。

〝あなたは誰《だれ》？〟

咄嗟《とっさ》に姫は訊いたが、相手は応《こた》えずその姿を消した。

それからまた、何日かが過ぎて牧恵が訪れた。

「ここへ来ると安心するんです」

にっこりと微笑んだ牧恵は、前回、評判のよかった撫子と女郎花、初秋錦玉の入った重箱を差し出した。

「新作の方はもうしばらくお待ちくださいな」

この日は何事も起こらず、牧恵も姫も藤尾も心ゆくまで菓子を楽しんだ。

「お子の名は考えてあるのですか？」

ゆめ姫が気になって訊くと、

「男の子なら嘉吉《かきち》、女の子なら月《つき》」

牧恵は淀《よど》みなく応えた。

「どういう謂《いわ》れなのでしょう？」

藤尾も訊いた。

――嘉祥喰《かじょうぐい》と関《かか》わりがありそう――

――たぶん――

姫と藤尾は目と目で頷き合った。

嘉祥喰の起源はその昔、水無月《みなづき》の十六日に、京の都で国内の疫病をおさめるために始まった、十六個の菓子や餅を供える儀式である。時の天皇が元号を嘉祥と改めたことにより、この儀式は嘉祥の儀と称され続けてきているが、諸説ある。

嘉祥の儀は江戸期に最も盛んになり、幕府では江戸城の大広間に菓子を並べ、将軍から大名、旗本などお目見え以上の諸士に与え、宮中では天皇から臣下へ米が下賜され、公家たちは菓子屋で米を菓子に換えていたという。

一方、庶民の間でも長寿と招福を願う行事として、欠かせない年中行事となっていた。

「嘉吉と月、わかるようでわからないでしょ？」

牧恵がふふっと笑った。

「嘉吉さんはなるほどと思うけれど、お月さんの方はわかりません――」

ゆめ姫と藤尾は同時に首をかしげた。

「これはうちの人の実家《さと》の嘉祥喰の風習なんですよ。十六歳の女の子は十六文で餅十六個を買って黙って食べるだけじゃなく、振袖《ふりそで》を切って詰袖《つめそで》にし、嘉祥喰の饅頭《まんじゆう》を盛った土器《かわらけ》に孔《あな》をあけて、その孔から月を見るんです。そうするといいご縁に恵まれて幸せになれるんですって。これを月見の土器とも言うんだそうです。それで女の子の名は月。うちの人、向こうの家のしきたりが入っててもいいかなって、あたしが決めたんです。お婿《むこ》さんだからずうっと遠慮ばかりの毎日でしょ、だから、一つくらい大事なことに、と」

そう告げた牧恵は鼻の頭の上にうっすらと汗を掻《か》いていた。

「心優しく素晴らしい思いつきですね」

姫は微笑み、

「またまた、今日もご馳走《ちそう》様」

藤尾は菓子の詰まった重箱に菓子楊枝を伸ばした。


この夜、ゆめ姫は気がかりな夢を見た。

〝いいんですか、姫様、こんなことをなさって〟

暗い夜道を藤尾の持つ提灯《ちょうちん》が照らしている。

〝だって、牧恵さんのお命に関わることではありませんか〟

〝でも、姫様は将軍家の姫君ですよ。いつお命を狙《ねら》われてもおかしくないお身の上です〟

〝ならばこうしているのが短くなるよう走りましょう〟

姫は走り出し、藤尾も後に続いた。

懸命に走って息が切れたと感じた時、ゆめ姫と藤尾は菓子屋風月の離れに設けられた産《うぶ》屋《や》に居た。

〝牧恵様、法印を賜った産科医のわしがついておりますゆえ、ご安心なされ〟

ちなみに法印とは法眼の上をいく医者の称号である。

〝あと一息〟

産婆《さんば》が励まし、

〝もう少しですぞ〟

医者もそれに倣《なら》った。

〝しっかり、息《いき》んで〟

〝頑張りなされ〟

二人は声を合わせた。

産婆と医者が付き添っていて、今、まさに赤子が産まれ出ようとしている。

濡《ぬ》れた薄い黒髪と赤い首がにょろりと見えて、次には何と突然、あの若い男が現れ、産まれたばかりでおくるみに包まれた赤子を抱いていた。

――どうして？――

ゆめ姫は心の中だけで呟いたつもりだったが、

〝これが始まりと終わり〟

若い男はうつむき加減に告げた。

いくら待っても赤子の泣き声は聞こえていない。

――もしかして――

不吉な予感が姫の心をよぎり、

〝これが始まりと終わり〟

若い男は呟き続けた。

〝あなたは誰なのです？〟

姫の問いに、

〝子の名は嘉吉かお月〟

相手はずばりと言い当てた。

〝何でその名を知っているのです？〟

〝これが始まりと終わり〟

男は先ほどと同じ不可解な言葉を続けた。

――これはわたしの問いに応えたくないこの男の策ね。よし、相手がそうなら――

〝その子は男の子なの？　それとも女の子？　それによって名も違うはずですよ〟

ゆめ姫は相手のはぐらかしに対抗しようとした。

――それもわかっていないとしたら――

夢の中で〝これらすべては夢なのだわ〟と続けようとして、姫は朝の光の中で目をこすっていた。

――おかしい――

夢から醒《さ》めたはずなのに、その男はまだ近くに立っている。

〝これが始まりと終わり〟

〝子の名は嘉吉かお月〟

――若い娘たちに取り囲まれ、扇子を手にして得意満面だったあの時とは随分様子が違うわ――

心の中で呟いただけのつもりだったが、

——馬鹿ばかりしてきたとつくづく思うぜ——

相手は心で話しかけてきた。

——もう沢山なんだよ——

——沢山って何が？——

——馬鹿しかしねえ、俺《おれ》の生き様のことさ——

吐き捨てるように言ったかと思うと男の姿は消え、姫は白昼夢の中に誘われていた。

庭にある大きな桜の木が満開に花をつけていて、御影堂《みえいどう》と描かれている暖簾《のれん》が見えた。

——ここは扇子屋さんだわ——

江戸には御影堂を屋号にする扇子屋が多かった。これは暖簾分けとは関係なく、ただ京の老舗《しにせ》に倣ってのものであり、この屋号がついていれば必ず扇子屋であった。

三

扇子は能、舞、落語等に使われる他に、末広というおめでたい別名のため、正月、中元の進物、襲名披露、祝儀等と広く贈答に用いられていた。多少高価ではあったが、夏場には涼風をおくることもできて、実用一辺倒で廉価《れんか》な団扇《うちわ》よりも上品である。

市中には扇子売りだけではなく、破れた扇子の紙を貼《は》り替える地紙売りまでいて、扇子はなかなか人気のある商品であった。

ゆめ姫は扇子屋の仕事場を見ていた。

仕事場に面する庭には大きな桜の木があった。花はとっくに終わり、青々とした葉の間を涼風が吹き抜けている。

〝いいか、指という指を目にするんだぞ〟

主《あるじ》で親方であろう男が弟子らしき若者たちに怒鳴った。

出来上がる前に十数回の工程を経る扇子作りには、かなり器用な指先と根気が必要とされる。

〝ここが肝だぞ、見てろ〟

仕事場の空気が息苦しいほどぴんと張って、親方のさらに大きな声が響き渡った。

――肝とは扇子の折りのことだわ――

親方はまず和紙を三枚貼り合わせた地紙を、湿った布で挟んで折りやすくしてから、二枚の型紙の間に挟み、熟練した指先で折っていく。

――この折りがよくないと、扇子の開いたり閉じたりが滑らかでないのね――

〝太吉《たきち》、やってみろ〟

〝へい〟

ころころと太った小柄な若者が親方の名指しで折りに入った。親方に比べればまだまだ指の動きがぎこちないが、それでも、懸命に止まることなく動かしている。

〝そもそも俺ゃあ、これでとことん嫌気がさしたんだよ〟

男はゆめ姫に向かって言った。

〝じゃあ、次は三郎《さぶろう》、やってみろ〟

三郎と呼ばれた男は無言で折りに取りかかった。

――前の太吉さんと同じくらいの動きね――

〝親方、見てほしいものがあります〟

三郎は折りを途中で止めると懐《ふところ》に忍ばせていた舞扇を出して相手に見せた。

〝これは何だ？〟

親方の眉間《みけん》に怒りが走った。

〝ぼちぼち、折りはよしとして、上を目指したいんです〟

三郎は平然と言ってのけた。

舞扇の親骨の根元の内側には鉛が入れられ、この重みで扇が美しい形に仕上がるのである。

〝俺は跡継ぎなんで、親方の仕事も手伝いたいんです〟

〝よくもそんなことが言えるな〟

親方は受け取った舞扇を開くと、びりびりと地紙の部分を破き、親骨をへし折った。

〝ひ、酷《ひど》いです〟

〝折りも満足にできねえくせに生意気な真似《まね》すんな。おまえが鉛を使うには十年は早い。娘に好かれてるからって図に乗るな。俺はまだおまえを跡継ぎだなんて言ってなんぞいないよ。扇子作りは一にも二にも折りの精進だってことを忘れるな〟

そう告げた親方は三郎の胸倉《むなぐら》を摑《つか》んで力いっぱい突き飛ばした。

土間に膝《ひざ》をついた三郎は破かれた地紙や親骨を手にして抱えると、

〝もう、ご免だ。第一、俺に惚《ほ》れて婿になってくれって言ってるのはさくらの方だ。あのくらいの女、そこらに幾らでもいるんだ。さくらのことなんぞ、こっちから止めにしてやる〟

外へと飛び出して行った。

〝あなたの躓《つまず》きがわかったわ。扇子職人の道を歩もうとしていたこともあったのではないですか？〟

ゆめ姫が複雑な気持ちで洩《も》らすと、

〝まあね〟

三郎は黙り込んでしまった。

ほどなく、

「大変です」

廊下を走ってきた藤尾が障子を開くと、ゆめ姫は夢から醒めた。

「風月のお嬢さんの具合が急に悪くなったそうです。よくわからない痛みだけではなく、高い熱も出ているとのことで」

「行きましょう」

姫はてきぱきと身仕舞いを始めた。

牧恵は夜具に横たわって眠り続けている。

そばには昨夜の夢に出てきた医者と産婆、牧恵の両親とあの若者が一緒だった。

――ご主人の佐兵衛さんは？――

ゆめ姫が気にすると、

〝あいつはここにいねえよ。下手な助けをしねえように、――あんたの子は助からねえよ、ほんとだよ――って、俺があいつの夢の中だけじゃなしに、餡子《あんこ》の小豆を煮てるあいつの耳元でさんざん大騒ぎしてやったんだ。そのせいで、あいつは鍋《なべ》の餡子を焦がしちまって、こんな時でも客は菓子を買いにくるから、今は仕事場でやり直して小豆を煮てる。ここへ来る暇なんぞ、ありゃしねえのさ〟

――過ぎた悪巧みです――

――俺だって必死なんだ――

ゆめ姫は牧恵の前に座っている相手を押しのけると、夜具をずらしてそっと牧恵の額と腹部に触れた。

〝痛てて、この野郎〟

男が悲鳴を上げて飛びすさって消えた。

荒かった呼吸が鎮まり、

「ゆめ先生」

牧恵は目を開いた。

「よかった」

坊主頭でぎょろりと大きな目が意外にも優しい医者がほっと胸を撫で下ろした。

「本当に」

皺深《しわぶか》さとすぼまった口が取り上げた赤子の数を物語り、髷の白髪を乱している産婆も同調した。

「しかし、頭痛とみぞおち等の腹部の痛みに続いて全身に痙攣《けいれん》が起き、その後、眠ったままとなり、これはてっきり、強い子癇《しかん》に見舞われたのだと思い、はらはらさせられました」

医者が牧恵の両親の方を向いて話すと、

「そうですか、皆さんのおかげです」

牧恵の父はちらとゆめ姫に目礼して医者たちに頭を下げた。

「子癇ならそのまま逝ってしまうことが多くて、こうして眠りから覚めることもありませんからね」

産婆は牧恵の手を握った。

子癇は痙攣発作と意識消失を伴う、産み月を控えた妊産婦の難病で、まず命を落とすことが必定であった。

「子癇でないとしたら、いったい何だったのでしょう？」

牧恵は不安な面持ちであった。

「身籠《みご》もるといろいろあるもので、だからお産は女の厄のようにも言われるのでしょう。でも、こうして、目が覚めてくれてよかったわ。皆様、ありがとうございました」

牧恵の母親も夫にならって姫に謝意を示してから頭《こうべ》を垂れた。

すると、

〝どうして親って奴はこうも子のことばっかし考えてやがるんだろうな〟

姫の耳元であの男が囁《ささや》いた。

医者と産婆を見送った母親は、

「勝手なお願いではございますが、今日一晩、当家にお泊まりいただくわけにはまいりませんか。娘は誰のおかげでもない、あなた様のおかげで眠りから覚めました。わたしどもはあなた様だけが頼りでございます」

必死の懇願をしてきたが、

「牧恵さんが重篤《じゅうとく》に陥ったのが、子癇でないとすると、その理由《わけ》を探すのもわたくしたちの役目です。今からそのお役目を果たしたいと思っておりますので、ひとまずお暇いたします。何かありましたらお知らせください」

断りを口にしてゆめ姫たちも風月を後にした。

家に帰り着いたとたん、

「まあああ」

姫は青ざめ、

「酷い」

藤尾は眉を吊《つ》り上げた。

二人が仰天したのは庭先の紅白の萩の花が残らず、根元から刈り取られていたからであった。

「どうしてこんなことが——急ぎ調べてまいります」

藤尾は怒った顔のまま、二軒続きのゆめ姫の住まいの両隣りや向かい何軒かに訊きに走った。

これらの家々の住人は普段は町人の姿で暮らしてはいるが、実は徳川家の姫を警護する役目を担った者たちであった。

帰ってきた藤尾は、

「訪れた植木職の仕業だとわかりました。でも、まあ、見たところ、植木職にしては、刈り取った後が揃わず荒い仕事ぶりなので、勝手に植木職を名乗っていたのでしょう。中には植木職だと名乗る者に挨拶《あいさつ》された者たちもいて、おかしくなど思わず、暢気というか、まったく呆《あき》れたものでございます」

——姫様はまだ警護の者たちのことは御存じないのでしょうから、このくらいにしておきましょう。いくら、今まで何もなかったからと言って、このような体たらくでは困る。

早速、御側用人《おそばようにん》の池本様や大奥総取締役の浦路様にお伝えして、警護の者たちを強く叱《しか》り、守りを固めていただかなくては――

藤尾が方忠や浦路に書く文面を考えていると、

「それにしても、誰が何の目的でこのような嫌がらせをしたのかしら？」

ゆめ姫は沈んだ顔で首をかしげた。

四

牧恵の母親に痛みの理由を調べると告げたものの、

「まさか、元は扇子職人だった男の霊が牧恵さんの出産を阻《はば》んでいて、死産で生まれるかもしれないなんて、縁起でもないことを申し上げられないわ。どうして、三郎という名の若い男の霊が、牧恵さんやお腹の赤子に取り憑《つ》いたかの理由もわからないし――」

藤尾に打ち明ける姫の表情は、萩の花の刈り取りという嫌がらせもあって、翳《かげ》ったままであった。

「大きな桜の木のあった扇子屋の御影堂なら心当たりがございます」

羊羹が名物の黒蜜屋《くろみつや》の娘の身で大奥に上がった藤尾は市井《しせい》の事情に通じている。

「今も扇子屋さんなのかしら？」

「いいえ、もう、とっくに無くなっています。そこを料理屋の江戸清《えどせい》がそこそこいい値で買ったのは、大きくて見事な桜が欲しかったからだという噂《うわさ》でした。江戸清の女将《おかみ》さんに訊けば、その三郎という男について何かわかるかもしれません」

「それでは早速出かけましょう」

二人が訪れた江戸清では、

「桜の花はほんの一時で、葉桜はそれなりに風情があるものの、これから葉が落ちる桜は、これといっていい眺めではございませんが――」

寡婦《かふ》になって以来、一人で大きな料理屋を切り盛りしてきた跡継ぎ娘の女将は、日々、気が軋《きし》むほどの多忙を包み隠すかのように、柔和でどっしりとした貫禄《かんろく》の持ち主であった。

「どのような経緯《いきさつ》で桜のあるここを買われたのですか？」

ゆめ姫は単刀直入に訊いた。

――いたずらに時をかけて、忙しいこの方の仕事を邪魔してはいけない――

「先々代、つまり祖父は廻船《かいせん》問屋を営んでおりました。その頃に両隣りと後ろと一緒にここをもとめて料理屋を始めたと聞いています。その後、なんやかやで廻船の方は駄目になりましたが、おとっつぁんが料理に才があり、おっかさんが客あしらいに長《た》けていたので、何とか今まで糊口《ここう》を凌《しの》いでこられたのです」

女将は如才《じょさい》なく応えた。

――あの厳しい職人気質《かたぎ》の親方が生きていたのは、この方のお祖父《じい》様の代、五十年は前のことで、三郎さんもその頃生きていたのね。五十年前といえば、浚明院（徳川家治）様の頃、田沼意次《たぬまおきつぐ》が老中を務め、権勢を揮《ふる》っていた頃だわ――

「扇子屋の御影堂さんとの交渉はどなたがされたのでしょう？」

――あれほど扇子作りに打ち込んでいた親方が簡単に店を売るとは思えない――

「ああ、それなら――」

一瞬、女将は目を伏せて、

「御影堂さんは火事を出したのです。大火にはならなかったそうですが、ご近所には相当のご迷惑をかけたそうで。しかも、ご主人がその火事で亡くなってしまわれたので、祖父が跡地と近隣の店を買ったのだと聞かされています。助かった庭の桜は縁起物だと信じて祖父は買うことに決めたのだとか――」

「御影堂さんの御家族は？」

「そこまでは存じませんが、祖父からお嬢さんの名は聞いています。たしか、さ、さくらさん、祖父は見事な桜の木にちなんだのだろうと申しておりました」

「ありがとうございました」

女将に時を取らせたことを詫《わ》びて、二人は江戸清を辞した。

「火が出たのはきっと風のある日だったのでございましょうね」

帰り道、ゆめ姫が空っ風が吹く冬の寒い日を思い浮かべていると、

「そうでしょうね。大奥でも火はあっという間に広がって、火の出た棟はいともたやすく焼け落ちてしまいますから」

「桜が焼けずに済んだというのは不審な気がします。隣り近所に広がるほどなら、御影堂

は庭木もろとも丸焼けになったはずです」

「すると――」

二人は顔を見合わせた。

「どこかを狙った付け火ですか？」

藤尾はごくんと唾《つば》を呑《の》み込んだ。

「あり得ないことではないわ」

応えた姫が瞬きすると、夜更《よふ》けて、油の入った壺《つぼ》を抱えて、御影堂の別棟にある仕事場を見つめている三郎の背中が見えた。

――やっぱり、あなただったのね――

ゆめ姫の問いには応えずに、三郎は壺の油を御影堂の仕事場にぶちまけていく。

そこへ蠟燭《ろうそく》の火を落とすと、三郎は外へと逃げた。

御影堂は燃え始めた。

〝俺、何ってことを〟

炎を見て悔いた三郎が鍬《くわ》を探して家のそばの庭土を掘ると、遮二無二《しゃにむに》それを燃えている家へと放《ほう》り投げるようにかけ続けた。効果は見られない。

居酒屋で好きな酒でも飲んでいたのだろう、ほろ酔い加減の親方が駆け付けた。

〝おまえ、よくもやってくれたな〟

恐ろしい顔で三郎を睨《にら》み据えると、

〃折りの良し悪しは紙にもよる。十年に一度拝めるかどうかのいい地紙が入ったばかりなんだぞ〃

そう叫んで、炎の中へと飛び込んで行った。家は燃え続け、炎が風に乗って隣家をも焼いていく。

三郎はただ黙々と桜の木へ向けて、鍬で庭土を掬《すく》い上げ続けた。その間、鍬の切っ先が二の腕をかすって、かなりの血が出ていたが気がつく様子もなかった。

火消したちが駆けつけてきて、隣家と仕事場の消火が終わった後、

〃風向きに助けられたのか、運のいい桜だな、縁起物だ〃

中の一人が呟いた。

〃それでも、俺はこの通りさ〃

三郎はこの時初めてゆめ姫に話しかけた。

二の腕をまくって、鍬で付いた傷痕《きずあと》を見せた。

すでに姿は、姫が一番始めに三郎を見た時の扇子を手にした役者まがいの様子である。

〃鯉《こい》さん、二の腕を見せて〃

娘の一人が三郎に近づいた。

〃やだよ〃

〃いいじゃない〃

〃あたしも見たい〃

〝あたしも〟

〝あたしも〟

〝だって、鯉さんの傷痕、色っぽいんだもん〟

一人、また一人と娘たちが近づいて三郎を取り囲む。

——もてるじゃないの。でも、付け火の大罪を犯した上、人一人を焼け死なせた後がこれとは——信じられないわ——

ゆめ姫は憤懣《ふんまん》を吐き出した。

〝御影堂の火事は、親骨と地紙を貼り付ける糊《のり》を煮てた主の不始末ってことになった。桜の木の方は俺が逃げたんで、火消しの一人の手柄になったよ。以来、俺は三郎じゃなしに鯉三郎《こいさぶろう》、火消しは桜太《おうた》なんて名を変えた。鯉三郎、鯉も恋も同じ読みだから、女たちに好かれる名なんだよ。火消しの方は自慢の名替えだろうけど、俺はお縄になりたくなかった一心だった。おかげで火刑にもされずに済んだけど〟

そう告げた鯉三郎は項垂《うなだ》れたままでいる。

——この男、何だか、この世で処罰されたかったみたい——

〝何が理由で死んだのですか？〟

ついに姫は訊いた。

〝あっという間に目の前が真っ暗になって、心の臓の発作ですから、いたしかたありませんって医者が言ってるのが聞こえた。この時、一緒にいた娘の名は覚えてない〟

〝それ以来、ずっとこうしてこの世を彷徨《さまよ》ってるのね。どうしてですか？〟

〝それには応えたくない〟

きっぱりと言い切った鯉三郎はいなくなっていて、姫は束《つか》の間《ま》の白昼夢から醒めていた。

この話を藤尾に聞かせると、

「罪を犯したのにお縄にもならなかったっていうのは、よほど悪運が強いんですよ。成仏できないのはきっと神罰です。わたくしは毛ほども同情できません」

「そうはいうけれど、この男を供養しないと牧恵さんと赤子の命が危うい気がします」

「どうしてです？　どうしてこんな極悪なろくでなしと、牧恵さん母子《おやこ》が関わらなければならないのでしょう？　わたくしは供養ではなく退治すべきだと思います」

「どんな方法で？」

「それは、皆がよくやる――」

「榊流の御祈禱かしら？」

ゆめ姫は真顔ながら首を斜めにした。

「あれではとても――」

言いかけた藤尾は、

「負けました、姫様にはかないません。姫様が罪人の供養をなさりたいとおっしゃるのなら、お手伝いいたします。さて、どんなことをいたしましょうか？」

渋々頷いた。

「鯉三郎さんはとても激しい感情の持ち主の勝手者と言ってしまえばそれまでなのですけれど、自身を恥じていて、この先もこのままのあり方が続くことを憂慮しています。わらわにもっとぶつけたい感情もあって持て余している。内気なところもあります。何とか、もっと心を開いて話をしてもらいたいのです。藤尾はこの男を駄目な男と切り捨てかけているでしょう？　それはきっと相手にもわかってしまっているわ。反感を持たれているかもしれない。ところで、隣りの家も借りていることでもあるし——」

この先を姫が言い淀《よど》んでいると、

「まさか、姫様はその駄目な奴の本音をお聞きになりたいがために、このわたくしに隣りに移るようにとおっしゃるのですか？」

「ええ、まあ、一時のことですし」

「片時も離れず姫様をお守りするのがわたくしの務めでございます。断じてそれはできません」

「何だか、藤尾も浦路に似てきたわね」

「わたくしはわたくしなりに浦路様を敬っておりますので、そんなことをおっしゃっても無駄、光栄に存じるだけです」

「融通が利かないのですねえ。でも、牧恵さんとお腹の子を助けるには、鯉三郎さんと心を通わせるしか手はないのですよ」

五

二人の間にしばし緊迫した時が流れたが、

「わかりました」

藤尾がやっと折れて、

「昼間の一刻《とき》（約二時間）だけにしていただきます。よろしいですね」

知らずとまた浦路の口調に似た。

「ありがとう」

こうしてゆめ姫はこの日、たった一人になった。延べてある布団の上に横になってうとうとすると、

〝ああ、せいせいした、ったく、あの女は余計だよ〟

鯉三郎の声がした。

——たしかに人一人を死なせたことを悔いているようには感じられない——

〝世の中の連中はみーんな意地が悪いんだ。俺はそれでわりを食ってるんだよ〟

鯉三郎が姿を見せた。

髷の形が侍のものに変わっている。ただし元結いが緩んでいるのか、ぱらぱらと乱れていて、着けている袴《はかま》も小袖《こそで》もどこか垢《あか》じみていた。禄《ろく》を失った浪人と思われた。額や目尻に皺が目立ち、年齢もさっき見た鯉三郎よりは十歳は老けて見えた。

──わからないわ──

扇子職人崩れだった鯉三郎が浪人に変わっているのが姫には理解できなかった。

──町人が同心株を買って、武家になることもあるという話は藤尾から聞いたことがあるけれど──

次にこの男は棟割長屋の板敷に座っていた。

油障子が開けられた。

入ってきた商人《あきんど》と思われる初老の男は、

〝石井《いしい》様、石井朱里《しゅり》様〟

恭《うやうや》しく頭を垂れて挨拶をした。

〝京橋《きょうばし》は常盤町《ときわちょう》の骨董屋《こっとう》、常盤堂《ときわどう》の主、常右衛門《つねえもん》でございます〟

〝石井朱里である〟

男は低い声で応えた。

──石井朱里？　鯉三郎さんとは別人なのね。それにしてはよく似ている。でも、世の中には自分とよく似た相手が三人はいるというから──。けれど、どうして、鯉三郎さんはそんな相手をわらわに見せるのかしら？──

姫はますます混乱してきた。

小僧がせっせと木箱に入れた皿や鉢、椀《わん》等を運び入れている。

〝どうか、てまえどもの箱に有り難い一筆をお願いいたします〟

骨董屋の主は頭を下げ続けている。

〝それがしでよろしいのかな〟

石井朱里と呼ばれた鯉三郎似の男は殊勝な物言いをした。

〝何をおっしゃいます。あなた様は柏田《かしわだ》藩にこの人ありと謳《うた》われた名家老、石井寛左衛門《かんざえもん》様の御次男で、歌や茶の湯を極められ、骨董の目利きとしても聞こえた風雅の達人ではありませんか。世が世であれば、てまえごときがお目にかかれるお方ではございません。その上、極書《きわめがき》までいただけるとは、恐悦至極《きょうえつしごく》でございます〟

〝ただ、書きたくとも硯《すずり》も墨も持ち合わせておらぬ。飢饉《ききん》とコロリに見舞われている我が藩のことを想うと、この江戸にて調達したものはことごとく、自分の身の回りの余分と思われるものも含めて、金に替え米に替えて殿にお届けせずにいられないのだ。飢饉に喘《あえ》ぐ領民のためにそれがし自身は、極力清貧を心がけている〟

石井はじっと目を伏せたままでいる。

〝恐れ入りました。何というご立派なお心構えなのでございましょう〟

常右衛門は目を潤ませながらも抜け目なく、極上の硯を取り出すと、小僧に用意させてきた竹筒の水を垂らして墨を擦《す》り始めた。

〝このくらいは、てまえもいたしませんと。石井様の清らかな気概が、尊い極書の文字となって輝くようにと、祈りながら磨っております〟

〝ご苦労である〟

石井はさらりと労《ねぎら》った。

常右衛門は緊張と商魂が相俟《あいま》って額から汗を噴き出しているが、石井の方は涼しい顔をしている。

——この男は鯉三郎さんではあり得ない——

やがて石井は箱の中に布にくるまれてしまわれている皿や鉢、椀、香炉等が取り出されると、これらをしげしげと眺め、

〝どれも作り手のよき技と心を感じさせる絶品である〟

やはり淡々と断じたが、常右衛門は、

〝そうでございましたか、そうでございましたか。今日日、市中で石井様の眼力を信じぬものはございません。ですので、いただいたお墨付きは命に替えても守るようにと、孫子《まごこ》の代まで申し伝えるつもりでおります。有り難き幸せでございます〟

欲得と興奮が高じて、膝に置いていた掌《てのひら》をぶるぶると震わせた。

こうして見極めが終わると、石井はこれも常右衛門が用意した、おろし立ての筆で次々に箱に極めをしていった。

——どれも絶品というのが気にかかるわ。ほんとうによいものというのは、そう多くないはずじゃないかしら？——

ゆめ姫は大名たちから献上されてくる多々の骨董品を前にして、

「姫様、徳川に従っている大名方は、競うように、出入りの骨董屋を責め立てて、古《いにしえ》より

伝わる品はもとより、隣国や遠い異国から伝わってきた骨董の絶品をも見極めさせるのです。ここにあるのは紛《まが》いなき極上の品ですが、世の中にはそうではない紛い物が、骨董と称されて売られていることもあるのです。おや、わたしとしたことが――。骨董好きが高じてつい口が軽くなりました。極上品だけに取り囲まれている徳川の姫様には、要らぬ話だったかもしれません。お忘れください」

方忠が洩らしていた言葉を思い出していた。

極書が終わると、

〝それでは〟

常右衛門はやや大きめな菓子箱二箱を差し出し、蓋《ふた》を取って石井に見せた。中には小判がぎっしりと詰まっている。

〝かたじけない〟

石井は眉一つ動かさずに、これもさらりと言ってのけた。

〝これが柏田藩のお役に立つのなら何よりです〟

この後、常右衛門は、

〝これらが買い手に無事納まりましたら、また、よろしくお願いいたします〟

縁をつなぐ言葉を口にしてから、耳にしたという柏田藩の窮状を話した。

〝すでにお聞き及びとは存じますが、海に面している柏田藩では魚が一時大漁で助かり、魚や海草の売買で賑《にぎ》わう市がたっているとも聞きました。それでも赤魚の田楽や、わらび餅、小豆餅、大豆餅に混じってわら餅が売られているそうです〟

わら餅とは馬や牛しか常食しない藁を水に浸《ひた》して叩《たた》き、発酵《はっこう》させて人も食べる、典型的な飢饉食であったが、とりあえず腹が満ちるだけの滋養とは無縁な食べ物であった。

常右衛門は先を続けた。

〝それでも束の間、市が賑わうのは良いことです。けれども、そもそもが大飢饉です。貧しい者たちはさらに窮しているわけですから、食い逃げやかっぱらい、喧嘩《けんか》が絶えないはずです。中には殴り合って命を落とす者も出てきていて、それには子どもが多いとか――、大人には刃物を振り回して脅しつつ、好き勝手に酒を飲み続ける輩《やから》も多いとか――。このような人心の乱れよう、風雅の道に生きつつ、御殿様への御忠誠を胸に抱いて、飢える民の救済に努めておられる石井様にあっては、さだめし、ご心労であらせられることでしょう、何と申し上げてよろしいか――〟

常右衛門は声を詰まらせた。

〝そうなのだ〟

石井は頰杖《ほおづえ》をついて目を落とすと、

〝何でも故郷の近くの藩では、米屋が打ちこわしに遭《あ》うところが立て続いているようだ。全ては大変な凶作がもたらす惨事と心得ている〟

片袖で目の辺りを払った。

――柏田藩と言えば、奥州の藩だわ。奥州は頻繁に飢饉に見舞われるそうだけれど、特

に宝暦《ほうれき》の飢饉（一七五三〜五七）では柏田藩と北隣の坂下《さかした》藩の窮状は目を覆うほどだった

と聞いているわ。それにしても常右衛門同様、石井という男も何だか、とてもわざとらし
いわ——

ゆめ姫は常右衛門も石井も目が笑っていることに気がついた。

〝それではお邪魔いたしました〟

常右衛門が帰り、石井は一人になった。

〝あーあああ〟

石井は大きく伸びをして、畳の上の小判の詰まった菓子箱の前にごろりと横になった。蓋を取って、じっくりと小判を眺めてはにやりにやりと笑う。先ほどは目だけだったが、顔をくしゃくしゃにして会心の笑みであった。

石井の心の声が聞こえてきた。

——ったく、世間なんてちょろいもんさ。浪人の何代目かだった父親が死んで、その後すぐに母親も死に、とりあえずは江戸に出てみようとして、途中、大嵐で川止めに遭った。その折、何年も続く凶作でまいっている土地の話を聞いたのが運の始まり。洪水で宿が呑み込まれた時、命が助かったのが俺一人だけというのも運のうち。居合わせていたという、柏田藩の家老の息子で名だたる風流人の石井朱里まで、供の家臣たちと共に濁流に呑まれたのは最高の運。江戸に着いた俺はむさくるしい形《なり》のまま長屋に住んで、宿で隣りの部屋にいて聞き囓《かじ》った骨董の話を小出しにしつつ、石井朱里だと名乗ってみた。するとどこか

らともなく、骨董屋が集まってきて、是非とも、骨董の価値を上げる朱里の箱書きが欲しいと言う。そしてあれよ、あれよという間に、侠気《きょうき》があって、故郷の民を思いやる石井朱里の箱書き代は上がって今では天井知らず――

笑み崩れた石井はごろりと寝転ぶと、胸の上に小判を積み上げて、

〝何ってよい重みなのだろう〟

恍惚《こうこつ》の表情に陥った。

六

〝とまあ、そんななんだよ〟

石井に代わって町人髷の鯉三郎が現れた。

〝石井朱里と名乗っている男は、多くの人たちが天明《てんめい》の飢饉（一七八二～八七）で何年も苦しめられたという、あなたが生きていた頃よりもさらに前の人ね？〟

〝ああ〟

鯉三郎はしょんぼりと力なく応えた。

〝でも、この男もあなたね、あなたにつながっている前世――〟

〝そうだろうな。それに覚えている前世はこいつだけじゃない。親方を死なせた俺も含めてどいつもこいつも似たようなもんだ。小悪党ばかり――〟

そう言うと、鯉三郎の姿は消え、姫は夢から醒めた。

たい——鯉三郎さんの前世の方、石井朱里という浪人や常盤堂常右衛門のことをもっと知り

姫は、すぐに隣りの家に行き、見たばかりの夢の話を藤尾に伝えた。

「五十年以上前のことになるけれど、石井朱里や常盤堂は、この後どうなったのかしら？」

突然やってきた姫に、藤尾は驚いたものの、

「姫様、やっぱりお一人だけではできないこともあるのですね。大丈夫です。藤尾がお手伝い致します」

我が意を得たりとばかりに張り切って出かけて行った。

一刻ほどして、息せき切って藤尾が帰ってきた。

「常盤堂はずいぶん前になくなって、今は遠州屋《えんしゅうや》という茶問屋になっていましたが、その御隠居が常盤堂のことを覚えていました。御隠居の話では、常盤堂は紛い物に偽の極書をつけて商売をしていたのが、お上の知るところとなり、お縄になったそうです。しかし、その極書をしていた浪人者は、役人たちが住まいに踏み込んだ時には小判を胸に載せたまま急な発作で息絶えていたとかで、お縄にならず、常盤堂の主は地団太踏んで悔しがったそうです。当時は騙《だま》された人たちが連日、店や長屋に押し寄せ、金を返せ、騙《かた》りだ、骸《むくろ》に供養はいらない、川に——」

藤尾の声がだんだん遠くなり、姫の目の前に鯉三郎が再び現れた。

姫は白昼夢に襲われた。

〝な、これでわかっただろう。俺の前世の悪党たちはみんなお縄にもならず、裁きも受けず、苦しまずに死んでるんだ〟

〝それ、楽なことじゃないはずですよ〟

〝その通り。現世ではあっという間に骸になれたけど、骸と離れた魂の方は苦しみつつずっと生きてる。石井朱理を騙っていた浪人の実の妹は死んだ兄の悪評のせいで、村八分になって首を吊ってるし、両親は病死だが、今際《いまわ》の際の凄《すさ》まじい苦しみよう。そんな肉親たちの酷い様子を日に何度も見てるんだ。あんたにはわからないかもしれないけど、これほどの辛《つら》い苦しみはないんだ〟

〝鯉三郎のあなたが骸になった時、光の輪か道は見えなかった？〟

〝見えたことは見えた。けれども、光の中には俺自身がもうすでにいて、現世に居た時の悪行の数々を繰り返していた。俺に苦しめられた人たちの恨みの籠《こ》もった目もあったな。俺のせいで最期は痛みにのたうちまわる業病に罹《かか》った人も多かった。たまらず、足を止めていると、そのうち光が見えなくなった。この時、俺は光に拒まれていると感じた。光に救われる価値が俺にはないのだとも――〟

「姫様、姫様、聞いておられるのですか」

藤尾の不満そうな声で姫は目が覚め、鯉三郎はいなくなった。

「ええ、ご苦労様でした。いろいろ分かりました。でも、鯉三郎さんも苦しんでいるのかもしれないわ」

「そんなことはありませんわ。わらわは――」

「確かに風月の御夫婦のこともあるし――。でも、」

と、突然、

〝光から追い出されて最初に会ったのがあの若夫婦だった。あたりが急に暗くなって妙に気持ちよく暖かだった。――うれしいわ、よい子を産まなくちゃ――っていう女の声が俺の所に響いて聞こえ、――そうだね、男でも女でもいいから元気に産まれてほしいね――と男の声がやや遠くで聞こえた。それで俺はその若夫婦の子として現世に産まれるのだと察した――。それがうれしくなかった。だから〝もう沢山なんだよ〟とか、〝始まりと終わり〟だなんて言ったんだ。もう、自分の悪行ゆえの苦しみを味わうのもご免だし、俺の悪行に関わって辛い思いをする人たちも見たくないんだ。もう、前世でのことは覚えていたくない、人の苦しみを見たくない、勘弁してほしいんだ。だから――〟

鯉三郎の声が聞こえてきた。

――やはり、夢で見たように、この男は未来永劫続きかねない、これ以上はないはずの辛い苦しみを終わらせるために、転生しようとしている赤子の自分を殺す気だわ。何とも、救いがたい成り行きだけれど、どんな前世があるにせよ、命を捨てるのはよくない――

この夜、姫は鯉三郎の石井以外の前世を何人も見た。

どれも時代や身分はさまざまだったが、悪人であることに変わりはなかった。貪欲《どんよく》な骨董屋を騙していた石井はまだましな方で、たいていはごろつきの遊び人で、自分より弱い、真面目《まじめ》に切り詰めた暮らしぶりをしている者たちから金品を騙し取っていた。

それらとはまた別に酷いと感じたのは、命に限りのある老人に付け込んだ振る舞いであった。

間口の広い呉服屋へ挨拶もせずに一人の若い男がすーっと入っていく。男は十徳《じっとく》姿であった。

〝旦那《だんな》様がお待ちです〟

白髪頭の大番頭が無理やり笑みを作った。

顔は似ているものの、その若い男は鯉三郎よりも二つ、三つ若く見える。

若い男が廊下を歩く足音が聞こえなくなったところで、

〝何も毎日通ってくれなくても——、うちにはかかりつけの医者もいるんだし〟

大番頭と一緒に見送った若旦那が呟き、そこに居合わせた一同は大きく頷いた。

〝公方様が出された生類憐《しょうるいあわれ》みの令のお触れのせいで、我が物顔に闊歩《かっぽ》している、野犬が向かってきたのを避《よ》けようとして、寄り合い帰りの道で転ばれ、医者の卵に出くわしたのが旦那様の仇《あだ》になりましたな〟

大番頭は口をへの字に曲げた。

〝転んだおとっつぁんは還暦を越えていた。もうとっくに譲ってもらいたい年齢《とし》だった〟

若旦那と言っても、四十代半ばで、すでに額には皺が刻まれていて、鬢《びん》には白髪がちらほらと見える。

〝旦那様は転んだところをお助けいただいたあの方に、たいそう信頼を寄せておられて、毎日でもお顔を見て、診てもらいたいとおっしゃるのですから、致し方ございません〟

〝頑固者のおとっつぁんに対して、どんな取り入り方をしているのか、不思議でならない〟

若旦那はため息を洩らし、大番頭たちはそれに倣った。

次に見えたのは病臥《びょうが》している老人の部屋であった。

〝転んで大きな骨を折った身だが、もう一度歩けるようになりたい。そうなればこの店の主の座を倅《せがれ》に譲らずとも済む。奉公人たちに役立たずの耄碌爺《もうろくじじい》と蔑《さげす》まれることもないだろう〟

老人は怒りに燃えた目をしていた。

〝今日は金平糖を持参いたしました。これは頭の疲れを癒《いや》す特効薬でございます。頭の疲れが取れれば、自然、足にも力が戻るというものです〟

医者の卵はにこにこと寝たきりの老爺に話しかけつつ、子どもでもあやすかのように色とりどりの金平糖を相手の掌に置いた。

老人は涎《よだれ》を垂らしながら美味《うま》そうにこの砂糖菓子をしゃぶった。

〝御御足《おみあし》はお痛みですか?〟

〝痛くてかなわない〟

老人は甘える口調になった。

〝足は動かさずにいても凝るものです。それでは一つ、凝りを揉《も》みほぐしてさしあげましょう〟

医者の卵はまず老人の両足を優しく撫で続け、

〝実は手も同様なのです。手は足よりも頭に近いことですし〟

両手に移った。

〝熱くて火傷《やけど》しそうな灸《きゆう》で誤魔化す按摩《あんま》は気に入らないし、わしの代わりに奉公人を指図している倅の声は耳障りだ。どっちにも腹が立つ〟

老人は言い放った。

――お灸が熱いのは当たり前なのに、そんなことで怒って息子さんまで嫌うなんておかしいわ、もしかして、この方、道理がわからなくなっているのでは?――

夢の中でゆめ姫が首をかしげていると、

〝わしを始終気遣ってくれるあんたは、わしにとって倅よりもよほど頼りになる。だから、わしはあんたにこの店を託すことにした。明日にでも皆の前ではっきり告げる〟

老人の言葉に、

〝本来はお気持ちだけ受け取って、お断りするべきなのでしょうが、わたくしもあなた様には父親同然に親しみを感じておりますゆえ、ここはお受けいたします〟

医者の卵は悪びれる様子もなく言ってのけた。

ここで通夜《つや》に場面が変わった。弔問客は途絶えている。

〝やられたな〟

憔悴《しょうすい》した様子の若旦那の鬢はすでに真っ白であった。

〝金子のほとんどをあやつに持って行かれて行方《ゆくえ》をくらまされては、ここは当分、新品で仕入れた着物を古着屋にでも売って凌ぐ他、手立てはございません〟

心労のため風邪《かぜ》が長引いている大番頭はごほごほと咳《せき》を洩らした。

〝しかし、それも長くはもつまい〟

大番頭は応える代わりに頭を垂れた。

最後に、

〝頼みにしていたのにぃ——、よくもよくもわしの店を潰《つぶ》してくれたな〟

黄泉《よみ》から聞こえる老人の絶叫が響く中、屋根から呉服屋の看板が下ろされている光景が目に入って、ゆめ姫は朝を迎えた。

——鯉三郎さんの前世の一人、医者の卵はどうなったのだろう？　死に方は？——

気になったとたん、やはり他の前世の男たち同様、寝ている間に急に息が止まる様子が目に入った。

げっそりと痩《や》せ、半端に有髪《うはつ》の医者の卵が掛けていた夜具は薄っぺらで、黄色いふかふかの畳に蟻《あり》の巣が見え隠れしていたことから、

——お金はきっと博打にでも使い果たしてしまったのね、苦しまずに死ねてもこれでは
——

姫は何とも複雑な気持ちになった。

しばらくして、

「朝、早くからお邪魔いたします」

訪《おとな》いを告げたのは、扇子屋御影堂の跡地を、隣り近所や桜の大木と共に買い取って、料理屋として開業した店を、繁盛させている女将からの使いの者であった。

「女将さんが御影堂さんについて思い出したことがおありとかで、是非、お話しして、お頼みしたいことがあるとのことです。駕籠をお供の方の分も合わせて二丁、用意させましたのでお運び願えませんでしょうか？」

「わかりました」

姫は急いで藤尾を呼んだ。

「まあ、わたくしの分まで駕籠を？」

藤尾は自分の待遇に悪い気はしていないものの、

「でも、御影堂が無くなったのは、火付けで主を殺した鯉三郎のせいでしょう？　この上、御影堂についてくわしいことを知ったとて、姫様が願っているような救いのある話は聞けるのでしょうか？　残った家族が鯉三郎の許婚《いいなずけ》だった一人娘も含めて辛酸《しんさん》を舐《な》めて、恨みの権化と化したという、ますます救いのない話なのでは？」

首をかしげ、帯を結ぶ手を止めたが、ゆめ姫の方は、

「人の善悪は白黒つけがたい部分がありますので、鯉三郎さんの生きていた過去や人との

関わりをもっと深く知れば、意外なところに救いを見つけることができるかもしれないとわらわは思っています」

手早く着物を着替えると、しゃっしゃっと絹の軋《きし》む音を立てた。

七

「さあ、どうぞ、奥へお入りなさってください」

二人を迎えた番頭は先に立って長い廊下を歩いて、女将の部屋の障子を開けた。

「お呼び立てして申しわけございません」

以前と比べて女将の声は気が急《せ》いているように感じられる。

「実は染井《そめい》で一、二を争う植木職の親方に見てもらって、うちのあの見事な桜の木が駄目になりかけていることがわかりました。大事な桜ですのでもちろん、毎年、お礼肥《れいごえ》と寒肥《かんごえ》は欠かさず、今時分の親方に来てもらっての特別な様子見も、なおざりにしていません」

「今年の夏の暑さのせいに加えてそろそろ寿命が来ているそうです」

女将はふーっとため息をついて、こめかみを押さえた。

「でも、こちらでは、あの桜の木の他にも花を満開につける見事な桜がおありになるはずでは？　花が柳のように華麗に風になびくしだれ桜だっておありでしょうに。それらの桜はこのような時のことを考えられて、植えられたものではないのですか？」

藤尾が首を斜めに傾けた。

「うちはお客様あっての商いで、名人と称された扇子職人の御影堂さんが愛《め》でていた桜に惹《ひ》かれて、わざわざ遠くからおいでの方もおられるのです。ですので、御影堂さんの桜が未来永劫枯れずにいると思っていたのは浅はかでした。それで以前、上得意のお得意様が、〝御影堂の桜が枯れる前に、花の種を取って育ててほしいものだね。いや、ものの本で、ここのあの桜は誰かが苗を植え付けたものではなしに、昔々からあった、どこかから種が運ばれて育って花を咲かせているのだと見たことがある。是非、これからもこれだけは絶やしてほしくないものだ。それほど御影堂の桜は縁起ものにして、垂涎《すいぜん》の的だ。苗木を運んできて植えて咲かせた他の桜で、ここの商いが成り立つと慢心しては足許《あしもと》をすくわれるよ。種から桜の花を咲かせさえすれば、ここはまたずっと桜の名所料理屋になって繁盛間違いなしだ。花が咲くまでにそりゃあ時がかかるだろうが、小さく可愛《かわい》い若木を愛でるのも風流のうちだから案じることはない〟とおっしゃっていたのを思い出しました。その時はあまりに気の長い話だし、あの桜が枯れるなんて夢にも思っていませんでしたので、聞き流しておりましたが、今になって思い出しました。この桜の種を若木にして花を咲かせることと、もうこれしかございません」

手巾《しゅきん》を出して首筋の汗を拭《ふ》いた女将はよほど思い詰めている。

「それと先々代である祖父が遺したこれでございます。蔵中を探してやっと見つけた手掛かりです」

女将は手《て》許《もと》にあった古びた日記に挟んであった、女文字の文を差し出した。

さくらの種を育てる手立て
秋口に採れる桜の黒く熟した実を布袋に入れる。これをもんで実を潰し、種と果実に分ける。布袋から種を取り出し、種を水洗いして果実を完全に落とす。

この種を完全に乾燥させてから、鉢や地面に種を一粒ずつまき、そっと土を被《かぶ》せる。

土の表面を平らにし、藁や草を載せる。

水やりをして、皐月《さつき》の頃まで発芽を待つ。

丈夫な苗木に育つよう、三年間は毎年苗よりも一回り大きな鉢に植え替え、四年目には地面に植え替える。


「小豆よりも小さな種がこのような大きさになるとは――。あのように満開に咲いた花の後、何千、何万という種の多くは鳥についばまれてしまうでしょう。けれども、鳥に運ばれたり、土に落ちたりした残りの種のうち、一つか、二つほどの種が運を得て、また花を咲かせたのだと思うと、あまりに素晴らしいことなので言葉になりません。お祖父《じい》様もきっとそうお思いになって、いつか、試すこともあろうかと、この文を大事になさっていたのでしょうが、どなたに聞かれたのかが気になります」

ゆめ姫は女将の部屋からも見える桜の大木を見据えている。

「それがどうしてもわかりません」

「御贔屓のお客様なのでは？」

藤尾が口を挟んだ。

「いいえ、訊いてはみましたが――」

「これをお祖父様に話して、文にして渡した方は、きっと桜を種から育てていたのでしょう。そしてその方はお祖父様の身近におられた。文にして渡したのはお祖父様が種からの育てに興味を持たれたからでしょう。あるいは心配性で、こんな日が来るかもしれないと思われていたのかも――。お相手は取り引き相手かもしれませんね。お心当たりはありませんか？」

姫は自分の想像を膨らませつつ、相手について訊ねた。すると女将は、

「江戸清《えどせい》は料理屋なので菓子は拵えず、風月さんから届けてもらっています。風月さんとは祖父の代からのつきあいなので、そちらにも訊いてはみましたが御存じありませんでした。あ、でもそういえば、祖父が〝当初は畑違いでどうなることかと思っていたが、木兆《きちょう》を風月に引き合わせてよかった、さすが名人の血筋だな。あれほどの箱なら菓子が引き立つこと間違いないのだから〟と呟いていたことがありました。父からも祖父が木兆に目をかけていたという話を聞いたことがございます」

ぽんと膝を打った。

――名人とは、もしかして御影堂の主のことでは？　確かめてみなければ――

ぴんと来た姫は、

「木兆へ伺ってきます。木兆の庭には種から育ったここのと同じ桜の木があるかもしれません」

藤尾を促して木兆へと向かった。

木兆の店先には銭を入れておく銭箱、道具類や衣類のための長持、火打ち箱や枡《ます》等が並んでいる。多くの箱は日用品であり、これらを拵えて生業を立てている箱屋は地味な部類の稼業であった。

「何かご用ですか?」

三代目に当たる主は弟子の奉公人たちと共に、作る箱に合わせて大きさの異なる金槌《かなづち》や鋸《のこぎり》を巧みに使っていた。

姫たちは挨拶もそこそこに、

「おたくに何年も経ている桜の木はありませんか?」

「ああ、さくら祖母《ばあ》さんのだね」

三十歳ほどの主の顔に笑みが宿った。

「祖父さんと力を合わせて、地味ながら息の長い箱屋をはじめた、元は家付き娘だった祖母さくらが植えたものが裏庭にあるんだ。わたしが物心ついた時はそこそこの大きさだったのが、今は幹も背丈も大きくなってる。祖父さんの代にはとにかく余裕がなかったんで、祖母さんが馬糞を拾いに出て肥やしにしていたこともあったんだとか——。もちろん、今は植木職に頼んで毎年、満開の桜を楽しんでるよ」

そう話してくれた主の顔は、鯉三郎よりも先に呼ばれて、扇子の地紙を折っていた太って小柄な若者に似ていた。

一瞬、ひび割れた長屋の壁を背に普段着のままで三三九度の盃を交わしている、その若者と、おそらく鯉三郎と許婚だった親方の娘のさくらの顔が見えた。さくらは楚々《そそ》とした印象の色白美人であった。

〝ちぇっ、やつには勿体《もったい》ない〟

どこからか、鯉三郎の呟きが聞こえた。

「さくら祖母さんはね、顔に似ず、気丈で一度言い出したら引かず、職人気質の祖父さんは箱作り一辺倒、店の交渉ごとはほとんど祖母さんがこなしてたって聞いてる。さくら祖母さん、たいした女丈夫《じょじょうふ》だったんだって」

「お祖母様から曾祖父《ひいじい》さまの話を聞いたことは？」

「おとっつぁんからちょっと。頑固一徹な扇子職人で、相当に身分の高い人たちからも注文があったんだってね。祖父さんは曾祖父さんの弟子だったのが自慢だった。あの繊細精緻な折り技と箱作りは比べものにならないって。けれど、おとっつぁんの話じゃ、祖父さんが曾祖父さんの話をすると、祖母さんの機嫌はよくなかったって。曾祖父さん、火事で焼け死んだっていうから、そのせいだろうね、きっと。だからあんまり聞いてないんだよ」

「裏庭の桜をお祖母様はどうやって育てたのかしら？」

これが肝心だと姫は心得ている。

「それは聞いてるよ。小さな種からだってね。これ、滅多に上手《うま》く行かないんだってね。それもあって、どんなことも小さな積み重ねが大事だって、この桜の木を引き合いに出して、祖父さん、祖母さん、おとっつぁん、おっかさんに随分説教されたものですよ」

主が頭を掻《か》いたのと、

「あたしも充分、耳だこでしたけど」

内儀と思われる二十歳を少し越えた女が、歩き始めたばかりらしい女の子の手を引いて奥から出てきて、

「でも、お義父《とっ》つぁんやお義母《か》さんが、流行病《はやりやまい》であっという間に亡くなってしまうと、今じゃ、あのお説教さえなつかしいわ」

しんみりと呟いた。

一方、鯉三郎は、

〝あ、さくら、そっくりだ、そっくりだ〟

ひたすら感嘆し、

「こいつ、近所の長生きな年寄りたちに、器量好《きりょうよ》しだった祖母さんに似てるってよく言われるんですよ」

娘を見つめる主の両目が垂れた。

この後、ゆめ姫は今の主たちが知らない、種育ちの本家本元の桜の木の運命について知

らせ、

「たぶん、御影堂の一人娘だったお祖母様は、売ってしまった自分のところの桜が忘れられずに、持ち主に種を譲ってもらったのでしょう。そして大変な苦労をしてここまで育て上げた。桜が咲いて実をつけたら、今度は是非とも、そのお返しをしていただきたいのです」

姫がそのように頼むと、

「もちろんですとも。桜は祖母さんの生き甲斐《がい》だった。花が咲いた時の幸せそうな顔を今でも忘れられない。種を分けてもらっていなければ、あのような祖母さんの顔は見られなかったろう」

主は感慨深く頷いた。

こうして、御影堂から木兆に根付いた桜の種は長い時を経て、また、かつて御影堂のあった料理屋江戸清で育てられることとなった。

「木兆さんに何と御礼を申し上げていいか――」

女将は目に涙を溜《た》め、これを聞いた風月の主は、

「なに、木兆さんと江戸清さん、わたしたち風月には、昔からきっと目に見えない縁があったのだ」

重々しく言い放ち、

「それ、桜の花のように世にも美しい縁なのだと思うわ」

牧恵は言い添えた。

この夜、姫の前に現れた鯉三郎は珍しく穏やかだった。

〝あなたは仕事場に付け火をする一方、必死で桜の木だけは焼くまいと、怪我《けが》をしてまで土を掛け続けた。それだけ、許婚だったさくらさんへの想いがあったということだわ。自分勝手なところの多いあなたにも相手を思いやる心はあったのですよ。さくらさんの方も謹厳実直な御主人に尽くす一方、あなたへの想いや思い出を大事にしていた。だから種から育てもしたのですよ。こうとわかった以上、あなたの前世が絶望的だからといって、これからの現世があの悲惨な繰り返しとは限らないのではありませんか？〟

ゆめ姫の言葉に、

〝そうかな〟

鯉三郎はそうだといいと言わんばかりの期待の籠もった、力んだ顔になった。

〝それにあなたは前世を省みる多くの時を過ごした。これからの現世は今までとは違うはずよ〟

〝そうだといいな〟

〝そうじゃなくて、自分の力で変えていかなくては〟

〝そうだね〟

鯉三郎は従順に頷いた。

〝だったら、あそこ――〟

姫は突然、見えてきた光の輪を指さした。

そこにはさっきの曾孫娘《ひまご》によく似た面差しの老婆がしずしずと歩いている。

――たぶん、さくらさんだわ――

〝おっかさん、おとっつぁん、親方まで――〟

鯉三郎が叫んだ。

〝早くいらっしゃい〟

母親は微笑んで手招きし、

〝親方、また、一つこいつを頼みますよ〟

父親が親方に辞儀をすると、

〝よおっし、三郎よ、おまえほど仕込み甲斐のある奴はいなかった、こっちでもびしび鍛えてやるからな、楽しみにしてろよ〟

相手はぎょろりと大目を剝《む》いた。

〝あんなことまでしちまったのに、親方まで――〟

鯉三郎は両目から涙を溢《あふ》れさせつつ、

〝すいません、すいません、ありがとうございます、ありがとうございます〟

頭を深く垂れたまま、光の中へと進んで行った。

光の輪が消えかかった時、姫には、先ほど見たさくらの曾孫娘が年頃となり、鯉三郎の面差しが残っている若者と連れ立っている様子が見えた。

——風月と木兆は仕事でつきあいがあるのだから、おかしくはないわ。それに藤尾の話では、一つ年上の妻は、金の草鞋《わらじ》を履いても探せと市中で言われているそうだから、何よりだわ。これで、やっと鯉三郎さん、前世悪を断ち切ることができるようになるのかも——

そうあってほしいと姫が鯉三郎のために祈っていると、

「とうとう、生まれたそうですよ。男の子。それが男前の旦那様、佐兵衛さんにそっくりで、もてすぎて家業を疎《おろそ》かにするのではないかと、お祖父ちゃんになった風月のご主人が案じているんだとか——。取り越し苦労も度が過ぎてますよ」

藤尾が吉報を伝えにきた。

急いで駆け付けた姫は、はじめて牧恵の夫、佐兵衛に会った。

「牧恵が並々ならぬお世話になっております」

店先で頭を垂れて待っていた佐兵衛が顔を上げると、

——あら、まあ——

こちらは鯉三郎に似ていた。

——自分とよく似た顔の親の元に生まれ変わっていたのね——

ゆめ姫は得心する一方、父親似の赤子に、

——鯉三郎さんによく似た面差しだけれど、これほど澄んだ目は見たことがないわ。鯉三郎さん、本来のあなたはこのような清々しい目をしていたはずよ。このお父さんなら大丈夫よ、大丈夫。今度こそ、後悔のない、まっとうな人生が送れるわ、よかったわね、ほんとうによかった――

心の中で繰り返し話しかけていた。

そして、佐兵衛は嘉吉と名づけることにした息子の誕生と姫への感謝を兼ねて、男の子の好きな桃太郎凧《ももたろうだこ》を模《も》した大きな煉り切り菓子を拵えていた。

〝格好いい、羨ましい、何って勇敢でりりしい姿なんだろう――〟

赤子の口が緩み、鯉三郎の声が聞こえた。

しかし、この後、夢治療処《ゆめちりょうどころ》とゆめ姫に難儀が降りかかった。跡継ぎの出産をことさら喜んだ風月の主や内儀、もちろん娘夫婦が、ゆめ姫の力について吹聴してまわり、閑古鳥《かんこどり》が鳴いていた夢治療処の前に、朝から長蛇《ちょうだ》の列ができるようになったのである。

並ぶ人たちの多くは姫を祈禱師と誤解して、失《な》くしものや治らない病の悪霊祓《ばら》いを頼む筋だったので、

「ゆめ様は彷徨《さまよ》える霊を成仏させることしかなさいません」

藤尾が何日も繰り返し、門戸の前で怒鳴って追い払わなければならなかった。

それでも押しかける人たちの数はいっこうに減らず、ある日の朝、榎《えのき》に血の滴る馬の首がぶらさがっているのが見つかった。

これを耳にした方忠は、

「これはもはや、紅白の萩の花を刈り取るどころの嫌がらせではないな。明らかにさがり

と称される備前国《びぜんのくに》の化け物が模されていて、まさにさがりの凶だ。それゆえ敵は備前に関わりがあると見て間違いない。道中で病死した馬の霊が木に乗り移ったのがさがりで、暗い夜道を歩く旅人などを脅かすとされ、これを目にした者は重い熱病を患うとして恐れられている。何としても、このような悪戯《いたずら》を働いた者を探し出して、徳川に弓引く者である黒幕を厳罰に処せねばならぬ」

滅多にないことだが、普段は眠そうに見える目をぎろりと剝いた。

本書は、時代小説文庫（ハルキ文庫）の書き下ろし作品です。

時代小説文庫
わ 1-43

虹《にじ》のかけ橋《はし》 ゆめ姫事件帖《ひめじけんちょう》

著者 和田《わだ》はつ子《こ》
2017年9月18日第一刷発行

発行者 角川春樹

発行所 株式会社 角川春樹事務所
〒102-0074 東京都千代田区九段南2-1-30 イタリア文化会館

電話 03(3263)5247[編集] 03(3263)5881[営業]

印刷・製本 中央精版印刷株式会社

フォーマット・デザイン& シンボルマーク 芦澤泰偉

ISBN978-4-7584-4120-9 C0193

http://www.kadokawaharuki.co.jp/[営業]
fanmail@kadokawaharuki.co.jp[編集] ご意見・ご感想をお寄せください。